KB242575

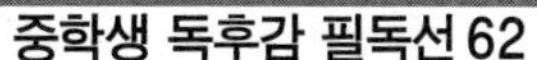

중학생이 보는

NATHANIEL HAWTHORNE

큰 바위 얼굴

나다니엘 호손 지음 | 양봉철(전 국제문화협회 편집위원) 옮김
성낙수(한국교원대 교수) · 임현옥(부여여고 교사) · 이승후(경주 감포중 교사) 엮음

좋은 책 좋은 독자를 만드는—
㈜신원문화사

더 이상 언급할 필요도 없지만 요즘은 독서의 중요성이 더욱 강
조되는 시대입니다. 첨단과학으로 이루어진 대중매체 덕분에 눈
으로 읽는 것보다는 말초신경을 자극하는 동영상 쪽으로 관심이
모아지는 데 대한 우려 때문일 것입니다. 꿈과 희망을 가지고 자
라나는 학생들에게는 올바른 사고력과 분별력을 키워주어야 합니
다. 그런 점에서 다른 사람들의 생각과 철학, 인생관과 세계관이
들어 있는 명작들을 많이 읽는 것이야말로 바람직한 학습 효과를
거둘 수 있는 지름길이라 생각합니다.

명작은 오랜 세월에 걸쳐 많은 사람들이 읽고 크게 감동을 받은
인정된 작품들로서, 청소년들의 삶에 지침이 되어 주고 인생관에
변화를 주게 될 것입니다.

이번에 중학생들에게 꼭 읽히고 싶은 명작들을 선정하여, 작품
을 바르게 감상하고 독후감을 쓰는 데 도움을 주고자 이 시리즈
를 기획하게 되었습니다. 작품들은 동서고금에 걸쳐 객관적으로
인정받은, 훌륭한 대상만을 선정하였습니다. 그리고 책의 구성을
다음과 같이 하여, 읽고 쓰는 데 도움이 되도록 하였습니다.

하나, 삶에 대한 지혜와 용기를 주고 중학생이라면 꼭 읽어야

할 명작만을 골랐습니다.

둘, 명작을 읽고 난 후의 솔직한 느낌을 논리적·체계적으로 쓸 수 있도록 중학생들의 독후감 작성에 따르는 부담을 덜어 주도록 구성하였습니다.

셋, 작품 알고 들어가기, 내용 훑어보기, 작품 분석하기, 등장인물 알기를 통해 작품을 분석하는 힘을 기를 수 있도록 하였습니다.

넷, 작가 들여다보기, 시대와 연관짓기, 작품 토론하기 등을 통해 작가의 일생을 알고 시대의 흐름을 파악하여 상상력과 창의력을 키워 주도록 하였습니다.

다섯, 독후감 예시하기와 독후감 제대로 쓰기에서는 책을 읽는 방법과 독후감 모범답안 실례를 제시함으로써 문장력을 길러주는 한편 독후감 쓰기의 충실한 길라잡이가 되도록 했습니다.

아무쪼록 이 책들이 중학생들의 학습 능력 향상에 큰 도움이 되길 빌어 마지 않습니다.

엮은이 성 낙 수

차 례

작품 알고 들어가기 8

큰 바위 얼굴 11

웨이크필드 47

환상적인 이야기 67

목사의 검은 베일 81

혼례식의 조종 소리 111

독후감 길라잡이 129

독후감 제대로 쓰기 157

중학생이 보는

NATHANIEL HAWTHORNE

큰바위 얼굴

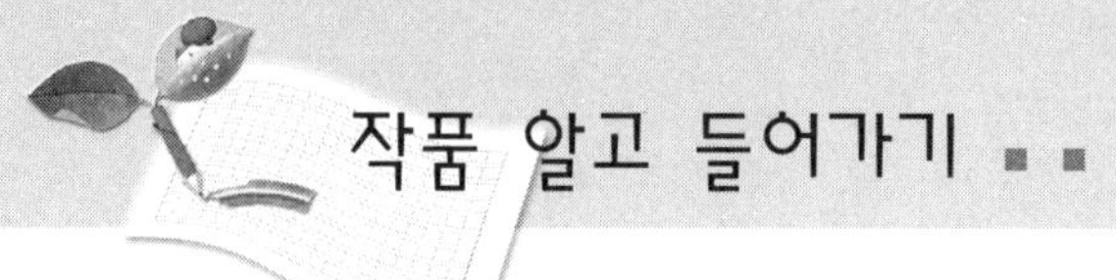

작품 알고 들어가기

〈큰 바위 얼굴〉이라는 소설은 여러분도 잘 알고 있겠죠? 이 소설은 우리에게 《주홍 글씨》와 《일곱 박공의 집》으로 잘 알려진 미국의 소설가 호손의 작품입니다.

주인공 어니스트는 큰 바위 얼굴이 보이는 마을에서 자라며, 살아 생전에 그 마을에 전해 내려오는 예언처럼 큰 바위의 얼굴이 실제로 나타나기를 기다립니다. 그러던 중 이 마을에 정치가, 사업가, 장사꾼이 나타나고 마을 사람들은 그들을 큰 바위의 예언이 실현된 것이라고 기뻐하기도 하죠. 하지만 결국 이들은 마을 사람들과 어니스트가 기다리던 그 사람은 아니었습니다. 그리고 마침내 진정한 큰 바위 얼굴은 정직하고 자연에 순응하며 자신의 마음을 갈고 닦는 사람에게서 나타납니다. 그러나 그 진정한 큰 바위 얼굴은 여전히 겸손함을 잃지 않습니다.

이 작품은 권력이나 물질적 부유함, 용맹이나 행동이 없는 말의 허구성은 자연으로부터 얻는 순수함과 정직함보다 앞설 수 없음을 우화적으로 표현하고 있지요. 세상을 살아가는 데 무엇이 가장 중요한지, 그리고 그것을 위해 어떻게 살아야 하는지 은유적으로 보여주고 있지요. 아울러 살아가는 과정에서 꿈과 희망을 버려서는 안 된다는 내용도 담고 있습니다.

우리는 흔히 참다운 위인, 참다운 삶이란 거창하게 나라와 민족을 위해 몸 바친 분을 생각하기 쉽습니다. 그러나 이 작품은 그보다 근원적인 문제를 탐구합니다. 그것은 여러분이 비록 소박하고 평범할지라도 착한 행동과 사랑을 끊임없이 베풀고, 스스로를 깨우치는 과정 속에서, 자신의 말과 행동을 일치시키는 가운데 이루어지는 것이라고 말합니다. 그것이 진정한 위인의 모습일 것입니다.

그럼, 〈큰 바위 얼굴〉을 읽으면서 여러분의 삶을 되돌아보고 앞으로의 삶의 방향을 생각해 볼까요?

큰 바위 얼굴

큰 바위 얼굴

해질 무렵의 어느 날 오후, 한 어머니와 어린 아들이 오두막집 문 앞에 앉아 '큰 바위 얼굴'에 대한 이야기를 나누고 있었다. 그것은 몇 마일이나 떨어져 있었지만 그들이 고개를 조금만 들면 햇빛에 비쳐 환하게 빛나는 그 큰 바위 얼굴을 선명하게 볼 수 있었다.

도대체 큰 바위 얼굴이란 무엇인가?

높이 치솟은 산들에 에워싸여 수천 명의 주민이 살고 있는 넓은 분지가 있었다. 그 선량한 주민들 중 일부는 검은 숲으로 에워싸인 가파르고 험준한 산기슭의 통나무 오두막에 살기도 했고, 완만한 산등성이나 계곡 아래 비옥한 땅을 경작하며 평범한 농가의 삶을 보내고 있었다. 또 시냇가 주변에 사는 주민들은 산간 고지대에서 세차게 흘러 내려오는 시냇물을 인간의 지혜로 모아 만든 수로를 통해 방적 기계를 돌리며 살아가기도 했다. 한마디로 이 계곡에는 많은 사람들이 살고 있었으며, 다양한 생활 수단을 가지고 살아가고 있었다. 그들 중의 몇몇 주민만이 이 웅대한 대자연의 현상을 올바르게 식별할 수 있는 능력을 지니고 있었지만 단 한 가지, 어른들이나 아이들 누구 할 것 없이 큰 바위 얼굴에 대해서는 일종의 친밀감을 품고 있었다.

큰 바위 얼굴은 깎아지른 듯한 암벽의 경사면 위에 몇 개의 커다란 바위가 모여 이루어진 것으로, 대자연의 장엄한 유희로 빚은 하나의 작품이었다.

멀리서 바라보면 바위가 모여 있는 모습이 사람의 얼굴을 닮은 것 같았다. 그것은 마치 엄청나게 큰 거인이나 또는 타이탄이 그 절벽 위에 자기를 닮은 형상을 조각해 놓은 것 같았다. 높이가 삼십 여 미터나 되는 넓은 이마, 기다란 콧날, 만일 말을 할 수만 있다면 천둥 같은 소리로 계곡의 이쪽에서부터 저쪽 끝까지 뒤흔들어 놓을 것 같은 거대한 입, 그러나 사실 누구라도 가까이 다가가서 본다면 그 거대한 형상은 어느 틈에 사라지고, 단지 커다란 바위 덩어리가 혼란스러운 폐허처럼 여기저기 뒹굴고 있을 뿐이었다. 그러나 뒤로 물러나 멀리 떨어져 다시 바라보면 그 신비로운 얼굴의 윤곽이 조금씩 잡혀 왔다. 그것은 점점 더 멀리서 바라볼수록 본래의 신비함을 띠고 더욱 사람의 모습으로 보였다. 그리고 아주 멀리서 어렴풋이 바라볼 때면 구름이나 장엄한 안개에 에워싸인 그 큰 바위 얼굴은 정말 살아 있는 것처럼 보였다.

아이들이 이 큰 바위 얼굴을 바라보면서 성숙한 남녀로 자라난다는 것은 커다란 행운이었다. 왜냐하면 큰 바위 얼굴의 모습은 고상했고 그 표정은 장엄하고도 부드러워 온 인류를 그 넓고 따스한 애정으로 감싸 안고도 남을 것 같았기 때문이었다. 그것을 바라본다는 것만으로도 커다란 가르침이 되었다. 사람들은 이 계곡이 그토록 비옥한 것은, 항상 밝은 웃음을 띠고 계곡을 굽어보면서 구름을 적당히 모으고, 그 구름의 온화함에 햇살이 스며들게 하는 그 자비로운 큰 바위 얼굴 때문이라고 믿고 있었다.

우리가 이야기의 시작에서 말했던 어머니와 어린 소년은 오두막 집 문 앞에 앉아 큰 바위 얼굴을 바라보며 그것에 관한 이야기를 하고 있었다. 소년의 이름은 어니스트였다.

"어머니."

하고 소년이 말했다. 그때도 역시 큰 바위 얼굴은 소년을 향해 미소를 짓고 있었다.

"저 얼굴이 말을 할 수 있었으면 얼마나 좋을까요. 저토록 상냥하게 보이니까 아마 목소리도 틀림없이 좋을 거예요. 저런 얼굴을 가진 사람을 만난다면 나는 분명 그를 사랑하게 될 거예요."

"옛날의 예언이 실제로 이루어진다면……."

소년의 어머니가 대답했다.

"우리는 언젠가 바로 저 큰 바위 얼굴과 똑같은 얼굴을 가진 사람을 만나게 될 게다."

"그 예언이란 게 어떤 건데요, 어머니?"

어니스트는 진지하게 물었다.

"제발 그 얘기 좀 해주세요!"

그래서 소년의 어머니는 그녀가 어니스트보다도 더 어렸을 때 자신의 어머니로부터 들어온 이야기를 아들에게 들려주었다. 그것은 과거의 이야기가 아니라 미래에 다가올 이야기였다. 그럼에도 불구하고 그 이야기는 너무도 오래되어 그 전에 이 계곡에 살았던 인디언들조차도 자기들의 조상들로부터 그 이야기를 전해 들었던 것이다. 그 인디언들의 얘기에 따르면, 그들은 산간을 흐르는 시냇물과 나뭇가지 위를 스쳐 가는 바람 소리가 자기들의 조상에게 속삭여 주었다고 믿고 있었다.

이야기의 요지는 미래의 어느 때, 이 근방에서 태어나는 아이가 세상에서 가장 위대하고 훌륭한 인물이 되리라는 것인데, 그 아이의 모습은 어른이 되면 저 큰 바위 얼굴의 모습과 똑같으리라는 것이었다. 수많은 사람들이, 나이에 관계없이, 아직도 열렬한 희망을 간직한 채 이 오래된 예언을 굳게 믿고 있었다. 그러나 세상에 대해 보다 넓은 견문을 가진 사람들은 지칠 만큼 지켜보면서 기다려 왔지만 그런 얼굴을 가진 사람이나, 위대하고 훌륭한 사람을 만나보지 못했다고 푸념하며, 그것은 단지 하찮은 이야기에 지나지 않

는다고 결론지었다. 어쨌든 그 예언 속의 위대한 사람은 아직 나타
나지 않았다.

"어머니!"

머리 위로 손뼉을 치면서 어니스트가 외쳤다.

"나는 그를 만날 때까지 살아 있었으면 좋겠어요!"

그의 어머니는 상냥하고 사려가 깊은 사람이어서 이 작은 소년
의 원대한 희망을 꺾지 않는 것이 현명한 일이라고 느꼈다. 그래서
그녀는 아들에게 이렇게 말했다.

"아마도 너는 만날 수 있게 될 거다."

그리고 어니스트는 어머니가 자기에게 해준 이야기를 결코 잊지
않았다. 그가 큰 바위 얼굴을 바라볼 때마다 그 이야기는 언제나
그의 마음속에 있었다.

그는 자기가 태어난 그 통나무 오두막에서 유년 시절을 보냈다.
그는 어머니에게 순종하여 그의 작은 손으로 어머니의 많은 일을
거들었는데, 어머니에게는 사랑이 깃들은 소년의 마음이 더욱 고
마웠다. 행복하고, 때때로 생각에 잠기는 그 어린아이는 그렇게 부
드럽고, 조용하고, 겸손한 소년으로 자라났다. 들판에 나가 일을
하기 때문에 얼굴은 갈색으로 그을렸지만, 유명한 학교에서 공부
한 다른 많은 소년들보다 훨씬 더 빛나는 총명함이 그의 얼굴을 밝
게 해주었다.

그러나 어니스트에게는 스승이라고는 아무도 없었다. 단지 큰

바위 얼굴만이 그의 유일한 스승이었다. 하루의 일이 끝나면, 어니스트는 그 거대한 얼굴이 자기를 알아보고, 자기의 존경의 눈빛에 대답하여 그에게 친절한 미소를 띤다고 생각될 때까지 몇 시간이고 그 큰 바위 얼굴을 바라보았다.

그 큰 바위 얼굴이 다른 사람들보다 더 친절하게 어니스트를 바라볼 리가 없었지만, 우리는 이것이 단지 하나의 오류였다고 단정지을 수는 없을 것이다. 왜냐하면 그 소년의 부드럽고 남을 신뢰하는 소박함이 다른 사람들이 볼 수 없는 비밀스러움을 볼 수 있게 만들었기 때문이었다. 그래서 모든 사람을 향한 그 얼굴의 사랑은 그 소년만의 특별한 몫이 되어 버렸다.

그런데 이즈음 계곡에는 한 가지 소문이 떠돌았다. 오랜 옛날부터 이야기되어 오던 그 큰 바위 얼굴을 닮은 거대한 인물이 마침내 나타났다는 것이었다.

수년 전, 한 젊은이가 계곡을 떠나 먼 항구도시에 정착하여 거기에서 돈을 꽤 모아 상인으로 성공했다는 것이다. 그의 이름—그것이 그의 본명인지 아니면 그의 습관과 인생의 성공에서 붙은 별명인지는 알 수 없지만—은 개더골드(Gathergold : 수전노)라고 했다.

그는 눈치 빠르고 활동적이며, 사람들이 운수라고 부르는 것을 만들어 내는 불가사의한 능력을 천부적으로 타고났기 때문에 부유한 상인이 되었고 거대한 선박들을 소유한 선주가 될 수 있었다고 한다. 지구상의 모든 나라가 단지 이 한 사람의 산더미 같은 재산에 한 무더기 또 한 무더기의 재물을 추가해 쌓아 올리려는 목적을 위해 서로 손에 손을 잡고 있는 듯이 보였다. 어둡고 그늘진 북극권의 추운 지방은 모피로 그의 재산을 늘려 주었으며, 뜨거운 아프·리카는 강가의 황금 모래를 퍼 주었고, 숲 속의 거대한 코끼리들은 상아를 가져다주었다. 또한 동양에서는 화려한 비단, 향료, 차, 그리고 번쩍이는 다이아몬드들과 청순하게 빛나는 커다란 진주들이 도착했다. 그리고 육지에 뒤질세라 바다에서는 커다란 고래를 보냈고, 개더골드는 그 기름을 팔아 큰 이익을 보았다. 무엇이든 개더골드의 손이 닿기만 하면 황금이 되었다. 전설 속의 마이더스 왕처럼 그의 손가락이 스치기만 하면 무엇이든 번쩍이며 황금으로 변하거나 그를 더욱 만족시키는 주화 더미로 변해 갔다. 개더골드는 자신의 모든 재산을 헤아려 보는 데만도 한 백 년쯤은 걸릴 만큼 큰 부자가 되었다.

세월 속에서 늙고 지친 그는 자신의 고향인 계곡 마을을 떠올리고 그곳으로 돌아가고 싶은 마음이 들었다. 자기가 태어난 곳에서 여생을 보내기로 결심했던 것이다. 그래서 그는 자신과 같은 큰 재산을 가진 부자에게 어울리는 궁전을 짓기 위해 솜씨 좋은 건축가를 고향으로 보냈다.

앞에서 말했듯이, 그 골짜기에는 그토록 오랫동안 기다려 왔던 예언 속의 인물이 바로 개더골드였다는 소문이 널리 퍼졌다. 소문에 따르면 그의 얼굴은 완벽할 정도로 그 큰 바위 얼굴과 닮았다는 것이다. 마을 사람들은, 오래된 농토에 마치 마술이라도 부린 것처럼 금방 세워진 그 웅장한 저택을 보고 그 소문이 사실임에 틀림없다고 믿었다.

건물의 외벽은 대리석으로 장식되어 있었는데, 그것은 눈이 부실 정도로 빛나 개더골드의 손가락이 무엇이든 황금으로 변하게 만드는 재능을 부여받기 전인, 어린 시절 그가 만들곤 했던 그 눈 집처럼 집 전체가 금방이라도 햇빛 속에 녹아 버릴 듯했다.

저택에는 높다란 기둥으로 떠받쳐진 화려한 장식의 현관이 있었는데, 그 밑에는 모두 은으로 만든 손잡이가 달려 있고, 멀리 외국에서 들여온 채색된 나무로 만들어진 커다란 문이 있었다. 수없이 많은 방마다 달린 창문은 마루에서부터 천장까지 온통 한 장의 거대한 유리로 만들어졌고, 너무나 투명해서 깨끗한 공기를 통해서 보는 것보다도 더 잘 비쳐 보인다고들 했다. 아무도 이 궁전의 내부를 들여다보도록 허락되지 않았지만, 확실한 소식통에 의하면, 내부는 외부보다 더 호화찬란하게 꾸며졌고, 다른 집에서는 놋쇠나 황동으로 만들어진 것들이 이 집에서는 은이나 황금으로 되어 있다고 했다. 특히 개더골드의 침실은 보통 사람이라면 도저히 눈을 뜰 수 없을 만큼 눈부시게 번쩍거린다고 했다. 그러나 반대로, 개더골드는 이제 너무나 부에 익숙해서 부의 반짝이는 빛이 자기 눈꺼풀 아래서 비치지 않으면 눈을 감을 수 없을 정도가 되었는지

도 모른다.

마침내 저택이 완성되었다. 다음에는 가구 장사치들이 장엄하고 호화로운 가구들을 들여왔고, 그 다음으로는 개더골드의 선발대로서 한 무리의 흑인과 백인 하인들이 도착했고, 개더골드는 해질 무렵에 도착할 예정이었다.

한편 우리의 친구 어니스트는 그토록 오랫동안 기다려 왔던 그 위대하고 고귀한 인물, 예언 속의 인물이 마침내 자기의 고향 마을에 나타난다는 사실에 마음이 들떴다. 그는 개더골드 씨와 같은 거대한 부자라면 큰 바위 얼굴의 미소만큼이나 마음이 넓고 자비로워 마을 사람들의 일을 잘 돌봐 줄 것이라고 상상하며, 그를 자선의 천사처럼 변형시켜 생각하는 것이었다. 어니스트는 믿음과 희망에 가득 차서, 사람들이 말한 것이 모두 진실이고 이제 저 산기슭의 그 경이로운 바위의 살아 있는 똑같은 모습을 보리라는 것을 의심하지 않았다. 언제나처럼 큰 바위 얼굴이 자기에게 부드러운 시선을 보내고 있다고 생각하며 산기슭을 올려다보고 있을 때, 구불구불한 길을 따라 부드럽게 다가오고 있는 마차 바퀴의 소리가 들려왔다.

"그가 온다!"

그의 도착을 지켜보기 위해 모여 있던 한 떼의 사람들이 외쳤다.

위대한 개더골드 씨가 온다!"

네 마리의 말이 끄는 마차가 길모퉁이를 돌아 힘차게 돌진해 왔

다. 그 안에는 몸을 창문 밖으로 반쯤 내밀고 있는 노인의 얼굴이
보였다. 마이더스의 손가락으로 자기의 피부까지 변하게 한 것처
럼 그의 피부도 누런빛이었다. 그는 무수한 주름살로 덮인 낮은 이
마에, 작고 날카로운 눈, 힘주어 다물고 있어 더욱 얇게 보이는 입
술을 하고 있었다.

"바로 큰 바위 얼굴의 모습이다!"

사람들이 외쳤다.

"정말 예언이 맞아. 마침내 위대한 인물이 나타났다!"

사람들이 큰 바위 얼굴과 그가 똑같다고 믿고 있는 사실에 어니
스트는 굉장히 당황했다. 길가에는 마침 먼 지방에서 흘러 들어온
늙은 여자 거지와 두 명의 어린 거지가 있었는데, 마차가 지나가자
그들은 손바닥을 펴 들고 서글픈 목소리로 적선해 줄 것을 소리 높
이 외쳐 댔다. 그러자 누런 집게발 같은 손, 그토록 많은 부를 긁어
모은 바로 그 손이 차창 밖으로 동전 몇 닢을 땅바닥에 뿌리는 것
이었다. 그 위대한 인물의 이름은 개더골드이지만, 그 인물에게 별
명을 붙인다면, 스캐터 코퍼(Scatter Copper : 동전을 뿌리는 사
람)라고 하는 것이 더 어울릴 것 같았다.

사람들은 변함없이 열렬한 믿음에 가득 차서 열심히 외쳐 댔다.

"바로 큰 바위 얼굴 모습 그대로야!"

그러나 어니스트는 그 주름 잡힌 약삭빠른 얼굴로부터 고개를
돌려 슬프게 산기슭을 올려다보았다. 자욱한 안개 사이로 석양의

햇살이 빛나고 있었다. 그의 영혼에 그토록 감명을 준 영광스러운 그 얼굴을 볼 수 있었다. 그 모습은 그를 기쁘게 했다. 그 인자한 입술은 무엇을 말하려는가?

"그는 올 것이다! 두려워 말아라, 어니스트야, 그 사람은 반드시 올 것이다!"

세월이 흐르고, 어니스트는 더 이상 소년이 아니었다. 그는 이제 청년이 되어 있었다. 그는 계곡의 다른 주민들로부터 아무런 관심도 끌지 못했다. 하루의 일과를 마치면 여전히 큰 바위 얼굴을 바라보고 명상에 잠긴다는 것 이외에는 사람들은 그의 삶에서 아무런 특별한 것을 발견할 수 없었던 것이다. 그들의 생각으로는 그의 행동이 어리석게 보였지만, 단지 그가 부지런하고 친절하고 이웃 사람들에게 다정하고, 나태해서 자기의 의무를 게을리하는 일 따위는 결코 없었으므로 그냥 관대하게 보아 넘겼다.

큰 바위 얼굴이 그의 스승이 되었고, 그 얼굴에 표현된 감정이 그 젊은이의 마음을 넓혀 주고, 누구에게보다도 더욱 넓고 깊은 공감을 채워 준다는 것을 그들은 알지 못했다. 책에서 배우는 것보다 더 나은 지혜와, 다른 사람들의 생애에 나타난 파멸의 본보기에서 더 나은 인생을 배울 수 있다는 것을 그들은 알지 못했다.

어니스트 자신도 들판에서나 난로가에서, 혹은 자기 혼자서 조용히 생각하고 반성하는 곳이면 어디서든 그에게 자연스럽게 찾아오는 생각과 감정들이 다른 사람들과 함께 나눌 수 있는 그런 것들보다 훨씬 더 고귀한 감정이라는 것을 결코 알지 못했다.

어니스트는 그의 어머니가 그 옛날 예언에 대해 처음 가르쳐 주었을 때처럼 순박한 영혼으로, 맑은 웃음을 띠고 계곡을 내려다보는 그 경이로운 모습을 바라보면서, 그 얼굴 모습과 똑같이 생긴 인간이 나타나는 데 왜 그토록 오랜 세월이 걸려야 하는가 하고 의아하게 생각했다.

이 무렵 불쌍한 개더골드는 죽어 땅에 묻혔다. 기이한 것은 그의 존재의 육신이며 영혼이었던 많은 재산이 그가 죽기 전에 완전히 사라져 버렸다는 것이다. 단지 주름진 누런 가죽으로 둘러싸인 해골만 남겨 둔 채, 그의 황금이 녹아 없어져 버리자 사람들은 망해 버린 상인의 비열한 얼굴과 저 산기슭의 장엄한 얼굴 사이에는 어떠한 유사점도 없었다고 단정지었다. 시간이 흘러 개더골드 씨가 살아 있는 동안에도 사람들은 더 이상 그를 존경하지 않았으며, 그가 사라진 다음에는 완전히 망각 속에 묻어 버렸다.

그가 지어 놓은 장엄한 궁전을 볼 때마다 그의 기억이 되살아나는 것은 사실이었다. 하지만 그 호화로운 저택은 이 유명한 대자연의 신비인 그 큰 바위 얼굴을 보려고 무수히 몰려드는 관광객들을 위한 호텔로 변해 버렸다. 결국 개더골드의 싸늘한 시신은 그늘 속에 내던져졌고, 예언의 인물은 아직 오지 않았다.

이 계곡에서 태어난 한 소년이, 수년 전에 군인으로 입대하여 무수한 격전을 치른 끝에 이제 훌륭한 지휘관이 되었다. 역사가 그를 무엇이라고 부르고 있는지는 모르겠지만, 전쟁터나 군부대에서는 그를 가리켜 올드 블러드 앤드 선더(Old Blood-and-Thunder)라고 불렀다. 전쟁에 지친 이 노장은 이제 나이를 먹고 상처를 입어 고된 군대 생활에 더 이상 매력을 느끼지 않았다. 또한 오랫동안 귀에 들려오던 북소리며 나팔 소리에도 싫증이 나서 고향에 돌아가 그곳에 두고 온 평온을 되찾기로 결심했다.

옛날의 이웃 사람들과, 또 성장한 그들의 자손들인 마을 주민들은 그 유명한 장군을 환영하기 위해 축포를 울리고 공식 만찬을 베풀 계획을 세웠다. 그들은 마침내 큰 바위 얼굴과 똑같은 사람이 정말로 나타난 것이라고 굳게 믿으면서 더욱더 열광했다.

올드 블러드 앤드 선더의 전속 부관이 이 골짜기를 여행하다가 그 큰 바위 얼굴과 장군이 닮은 것을 발견하고 놀랐다는 것이다. 특히 그의 동창들이나 어릴 적 친구들은 그 장군이 일찍부터 그 큰 바위 얼굴의 장엄한 모습과 닮았는데, 단지 그때는 그런 생각이 미처 떠오르지 않았을 뿐이라고 자신들의 빈곤한 기억력을 더듬어 가며 맹세까지 해 보였다.

그런 이유로 계곡에는 대단한 열광이 일었다. 몇 년 동안이나 그 큰 바위 얼굴을 바라볼 생각조차 하지 않고 지내던 많은 사람들은 올드 블러드 앤드 선더 장군의 얼굴이 어떻게 생겼는지 짐작해 보기 위해 이제 큰 바위 얼굴을 바라보며 시간을 보냈다.

큰 축제가 열리는 날, 어니스트는 일을 마치고 마을의 다른 사람들과 잔치가 준비된 장소로 갔다. 그가 가까이 갔을 때, 배틀블래스트 목사의 큰 목소리가 들려왔다. 그는 자기들 앞에 벌어진 축하연에 감사하고, 그 뛰어난 평화의 친구에게 축복을 빌었다. 식탁은 숲 속의 개활지에 마련되었으며, 전망이 동쪽으로 시원하게 트여 멀리 큰 바위 얼굴이 바라보이는 것을 제외하고는 모두 빽빽한 나무숲으로 둘러싸여 있었다. 워싱턴 가의 유품인 장군의 의자 위에는 초록빛 가지와 풍성하게 엮인 월계수가 화려하게 아치를 이루고 있었고, 장군이 전쟁에서 승리를 쟁취했던 나라의 국기가 꽂혀 있었다.

　우리의 친구 어니스트는 그 축복받은 손님을 바라보기 위해 발돋움을 했다. 그러나 식탁 주위는 축배의 말이나 연설, 또한 장군의 그에 대한 답례의 말을 한 마디도 빼놓지 않고 들으려는 무수한 인파로 혼잡을 이루고 있었다. 경호의 임무를 자진해서 맡은 사람들은 군중들 속에서도 특히 조용히 있는 사람들을 총검으로 마구 밀쳐 냈다. 안타깝게도 항상 겸손한 성격의 어니스트는 뒷전으로 밀려나 올드 블러드 앤드 선더의 모습은 더 이상 볼 수가 없었다. 그가 지금까지 전쟁터에서 싸우고 있다고 해도 이렇지는 않았을 것이다.

　그는 스스로 위안을 받기 위해 큰 바위 얼굴을 향해 고개를 돌렸다. 그 얼굴은 믿음직스럽고 오래 기억되는 친구처럼 그에게 미소를 보내고 있었다.

한편, 그 영웅의 얼굴과 멀리 산기슭에 있는 그 얼굴을 비교해 보는 여러 사람의 말들이 들려왔다.

"머리카락 한 올까지도 똑같군!"

기뻐 날뛰면서 한 사람이 외쳤다.

"신기할 정도로 닮았군! 정말이야!"

다른 사람이 대답했다.

"같다고? 나는 큰 바위 얼굴을 큰 거울 속에 비친 올드 블러드 앤드 선더라고 부르겠어!"

세 번째 사람이 외쳤다.

"왜 아니겠나? 그는 의심할 것도 없이 우리 시대뿐 아니라 모든 시대를 통틀어 가장 위대한 인물이야!"

그런 다음, 그 세 사람은 크게 고함을 질렀는데, 군중들은 그 고함 소리에 자극을 받아 천 여 명이 목소리를 합쳐 고함을 질렀고, 그 소리는 계곡 사이를 빠져나가 수 마일이나 메아리쳤다. 마치 큰 바위 얼굴이 천둥 같은 호흡으로 소리를 지른 것이 아닌가 하고 생각할 정도였다.

이 모든 말들과 이 커다란 열망은 우리의 친구 어니스트에게 더 많은 호기심을 유발시켰다. 그래서 그는 마침내 그 큰 바위 얼굴이 자기와 똑같은 인간의 다른 한쪽을 발견한 것이라고 믿어 의심하지 않았다. 그게 만일 사실이라면, 그가 그토록 오래 기다려 왔던 이 인물은 평화로운 인간의 성격을 지니고, 지혜를 말하고 사람들을 행복하게 해줄 것이라고 어니스트는 생각했다. 또한 그는, 사물을 언제나 폭넓게 바라보는 그의 소박한 버릇대로, 하나님이 인류를 축복하는 방법이 때로 전사나 피 묻은 칼을 통해 성취시키려고 해도 신의 헤아릴 수 없는 지혜를 그렇게 받아들일 수밖에 없는 것이라고 생각했다.

"장군이다! 장군이다!"

사람들은 외쳤다.

"쉿! 조용히! 올드 블러드 앤드 선더 장군이 연설을 시작하려고 합니다."

과연 그대로였다. 식탁보는 치워지고, 갈채의 함성 속에서 모두들 장군의 건강을 기원하는 축배도 들었으므로, 그는 이제 군중들에게 감사의 인사를 하려고 일어섰다.

어니스트는 그를 보았다. 군중들의 어깨 너머로 수를 놓은 빳빳한 깃에 두 개의 번쩍이는 견장을 단 그가 월계수로 장식된 푸른 나뭇가지 아치 밑에 근엄하게 서 있었다. 깃발은 마치 그의 이마에 그늘이라도 만들어 주려는 듯 아래로 드리워져 있었다. 그리고 숲을 따라 이어진 먼 산꼭대기 위에 있는 큰 바위 얼굴도 한눈에 들어왔다.

군중들이 말하는 것처럼 닮은 점이 있단 말인가? 아, 애석하게도 어니스트는 그것을 느낄 수 없었다. 어니스트는 오랜 전쟁으로 노련미와 활기로 가득 차고 강인한 의지를 나타내 주는 군인의 얼

굴은 볼 수 있었지만, 자비로움이나 깊고 넓은 지혜, 부드러운 동정심 같은 것이 빠져 있다는 것을 알았다. 사실 큰 바위 얼굴이 아무리 근엄한 장군의 모습으로 나타난다고 하더라도 지금 이 얼굴보다는 더 부드러운 기운을 띠고 있을 것만 같았다.

"저 사람은 예언 속의 그 사람이 아니야."

어니스트는 혼잣말을 하며 군중 속을 빠져나왔다.

"세상은 또 더 기다려야 한단 말인가?"

안개가 먼 산기슭으로 모여들고 있었다. 거기에는 큰 바위 얼굴의 장엄하고도 위엄 있는 모습이 있었다. 그 얼굴은 장엄하고 자비로워 마치 거대한 천사가 언덕 사이에 앉아 황금빛과 보라빛의 구름 옷을 입고 있는 것 같았다. 그 얼굴을 바라보면서 어니스트는 그것이 비록 입술의 움직임은 없지만 광채를 띠고 밝게 빛나는 것 같았다. 그것은 아마 서쪽으로 기우는 햇살이, 어니스트와 그가 바라보고 있는 큰 바위 얼굴 사이를 맴돌고 있는 안개 속에 엷게 녹아들었기 때문이었다. 그러나 항상 그랬던 것처럼 그의 신비한 친구의 얼굴은 어니스트가 지금까지 헛된 꿈을 꾸지는 않았다는 듯이 어니스트에게 희망을 주었다.

"걱정하지 마라, 어니스트."

큰 바위 얼굴이 자기에게 속삭이는 것처럼 어니스트의 마음이 말했다.

"걱정하지 마라, 어니스트야, 그는 올 것이다."

더 많은 세월이 소리 없이 빠르게 흘러갔다. 어니스트는 이제 눈에 보이지 않게 사람들 사이에 알려져 있었다. 그는 여전히 자기의 양식을 벌기 위해 일했으며, 언제나 그랬던 것처럼 소박한 마음을 가지고 있었다. 그러나 오랫동안 인류에게 어떤 위대한 선을 행하고 싶다는 성스러운 희망을 가지고 자기 삶의 황금기를 보냈으므로, 그는 천사들과 대화를 나누고 그들의 지혜를 흡수한 것처럼 보였다.

그가 매일 매일의 삶에서 보여 준 조용하고 사려 깊은 자애심은, 마치 조용한 시냇물이 흘러가는 길가에 넓고 푸른 풀밭을 만들어 놓은 것처럼 그의 얼굴에 나타났다. 이런 겸손한 사람이 살고 있기 때문에 이 세상은 나날이 나아지는 것 같았다.

그는 자기가 가는 길에서 한 번도 벗어난 적이 없으며, 항상 이웃 사람들에게 축복을 주었다. 본의 아니게, 자기도 모르는 사이에 그는 설교자가 되어 있었다. 순수하고 고귀하고 소박한 그의 생각은 선행으로 나타나 그의 손에서 조용히 흘러나오고 또 설교 속에서 흘러나왔다.

그는 그의 설교를 듣는 사람들의 삶에 영향을 주고, 삶의 틀을 형성할 진리만을 말했다. 사람들은, 아마도 자기들의 이웃이며 친구인 어니스트가 보통 이상의 사람이라고는 결코 생각하지 않았을 것이다. 어니스트 자신은 더욱더 그러했다. 그러나 그의 입술에서는 시냇물의 속삭임처럼 다른 어느 누구의 입술도 말한 적이 없는 사상들이 흘러나왔다.

사람들의 흥분이 어느 정도 식을 만큼 시간이 흐르자, 그들은 올드 블러드 앤드 선더 장군의 잔인한 용모와 산기슭의 자비로운 얼굴을 닮았다고 생각했던 것이 실수였다는 것을 인정하기 시작했다.

그러나 지금, 다시 신문들의 보도와 기사를 통해 큰 바위 얼굴이 어떤 훌륭한 정치가의 넓은 어깨 위에 나타났다고 떠들어댔다. 그도 개더골드 씨나 올드 블러드 앤드 선더 장군처럼 이 계곡 출신이었지만, 어린 시절에 고향을 떠나 법률과 정치학을 전공했다고 했다. 부자의 재산이나 군인의 칼 대신 한 치 혀밖에 가진 것이 없었지만 그것은 그 둘을 합친 것보다 더 강했다.

그는 놀라울 정도의 웅변가였는데, 그가 무슨 말을 하든지 청중들은 그의 말을 믿을 수밖에 없었다. 결국에는 그른 것도 옳게 보이고 옳은 것도 그르게 보였다. 왜냐하면 그가 마음만 먹으면 자신의 입김으로 채색된 안개를 만들어 자연의 빛을 흐리게 할 수도 있었기 때문이다. 그의 혀는 정말 마법의 도구였다. 때때로 그것은 천둥처럼 으르렁거리다가도 때로는 가장 달콤한 음악처럼 흘러내렸다. 그것은 전쟁의 함성이고 평화의 노래였다. 그리고 그 혀는 그 안에 마음을 가진 듯이 보였다.

그는 놀라운 사람이었다. 그의 혀가 그를 성공시켜 주었을 때, 그때 그의 목소리는 주 의회와 왕궁과 군주의 궁전에 울려 퍼졌다.

온 세계를 통해 해안에서 해안으로 그의 명성이 널리 퍼져 나가자 마침내 그의 목소리는 국민들로 하여금 그를 대통령으로 뽑도록 설득시켰다. 이런 일이 있기 전부터, 실은 그가 유명해지자마자 그의 숭배자들은 그의 얼굴과 큰 바위 얼굴이 닮았다는 것을 발견했다.

그러자 이 훌륭한 신사의 이름이 올드 스토니 피즈(Old Stony Phiz : 바위 같은 얼굴)로 알려지기 시작했다. 그 별명은 그의 정치적인 장래에 매우 유리한 도움을 줄 것으로 생각되었다. 왜냐하면 당시에는, 교황의 경우와 마찬가지로 본명 이외에 다른 이름을 갖고 있지 않으면 아무도 대통령이 될 수 없으리라고 생각되었기 때문이다.

그의 친구들이 그를 대통령으로 만들기 위해 최선을 다하고 있을 때, 올드 스토니 피즈는 자기가 태어난 고향 마을을 방문하기 위해 떠났다. 이것은 물론 자기 고향 사람들을 만나 악수를 나누고 싶다는 목적 이외에 다른 의도는 없었다. 자신의 방문이 선거에 어떤 영향을 미칠 것인지에 대해서는 생각하지도 않고 관심도 갖지 않았다.

이 뛰어난 정치가를 맞기 위해 성대한 준비가 벌어졌다. 기마대의 행렬이 그를 영접하기 위해 주의 경계선까지 나갔으며, 모든 사람들은 하던 일을 중단하고 지나가는 그를 보려고 큰길로 모여들었다. 이들 중에는 어니스트도 끼어 있었다. 우리들이 이미 아는 바와 같이, 그는 이미 몇 번이나 실망했으면서도 희망을 쉽게 버리지 않는, 믿음이 강한 성격이었으므로 아름답고 선한 것이라면 무엇이든 믿으려고 했다. 그는 항상 자기의 마음을 열어 놓고 하늘에서 내려오는 축복을 기꺼이 받아들일 준비가 되어 있었다. 그래서 이번에도 역시 전과 마찬가지로 들뜬 마음으로 큰 바위 얼굴과 닮은 사람을 보기 위해 나왔던 것이다.

기마 행렬은 요란한 말발굽 소리와 먼지 구름을 일으키면서 길을 따라 당당하게 입성했다. 먼지 구름이 어찌나 자욱하고 높이 치솟았는지 큰 바위 얼굴은 어니스트의 시야에서 완전히 사라졌다. 인근의 유지들은 모두 말 위에 앉아 있었다. 제복을 입은 민병대 장교, 의회 의원, 지방 판사, 신문 편집인 그리고 그 외의 많은 농장주들이 안식일에 입는 멋진 코트를 입고 양순한 말 위에 앉아 있었다.

특히 그 기마 행렬 위로 수많은 깃발들이 펄럭이는 것은 정말 장관이었다. 어떤 깃발들 위에는 그 유명한 정치가의 호화로운 초상화와 큰 바위 얼굴이 형제처럼 서로 웃고 있는 그림이 그려져 있었다. 만일 그 초상화가 믿을 만한 것이라면, 그 두 인물은 놀랍게도 닮았다고 말해야만 할 것이다. 군악대는 온 산이 울리도록 음악을 연주했고, 그 승리의 곡조는 크게 울려 퍼졌다. 하늘을 타고 들려오는 이 황홀한 음악 소리는 산과 온 계곡으로 퍼져, 마치 이 뛰어난 손님을 환영하기 위해 그의 고향 마을의 모든 구석구석이 다 함께 목청을 뽑고 있는 것만 같았다. 게다가 그 음악이 먼 산의 절벽에 부딪쳐 메아리 쳤을 때 가장 멋진 효과를 냈다. 왜냐하면 그때 큰 바위 얼굴이 드디어 예언 속의 인물이 나타났다는 것을 인정하여 승리의 합창을 더욱 소리 높여 주는 것 같았기 때문이다.

모든 사람들이, 어니스트의 가슴조차 불타오르게 하는 열광에 휩싸여 모자를 벗어 위로 힘껏 던져 올리며 소리쳤다. 그도 역시 모자를 벗어 던지면서 목청껏 큰 소리로 외쳤다.

"위대한 인물 만세! 올드 스토니 피즈 만세!"

그러나 아직 어니스트는 그 사람을 보지 못했다.

"그가 온다!"

어니스트 가까이 서 있던 사람들이 외쳤다.

"저기를 봐, 저기 좀 보라고! 올드 스토니 피즈와 큰 바위 얼굴이 쌍둥이 형제처럼 보이지 않는가!"

이 화려한 행렬 가운데로 네 필의 흰말이 이끄는 지붕 없는 사륜 마차가 다가오고 있었다. 마차 안에는 그 유명한 정치가 올드 스토니 피즈 바로 그 사람이 모자를 쓰지 않은 우아한 맨머리를 드러내고 앉아 있었다.

"인정하라고!"

어니스트의 곁에 있던 사람이 말했다.

"큰 바위 얼굴이 마침내 자기 짝을 찾았다고!"

마차 속에서 웃으면서 인사를 하고 있는 사람을 언뜻 본 순간 어니스트는 그 얼굴과 산기슭 위에 있는 그 친숙한 얼굴이 닮았다고 생각했다. 움푹 패인 눈과 높은 이마며 기타의 생김생김이 정말 영웅 이상으로, 거인의 모습과 경쟁이라도 하는 듯이 대담하고 강건하게 보였다.

그러나 산기슭에 있는 그 얼굴의 모습을 빛내 주고 그 육중한 화강암에 영혼을 불어넣어 주는 그 장중함과 숭고함, 신적인 자비로움의 웅대한 표정 같은 것은 그 어디에도 찾아볼 수 없었다. 처음부터 무엇인가가 빠져 있었거나 사라져 버린 느낌이었다. 놀랍도록 은총을 입은 이 정치가는 눈동자의 깊은 동공 속에 뭔가 피곤한 듯한 음울함을 담고 있어서, 마치 장난감에 싫증이 난 어린아이나, 위대한 업적에도 불구하고 그것에 실체를 부여해 주는 고귀한 목적을 잃어버린 사람처럼 보였다.

아직도 어니스트의 옆 사람은 그의 옆구리를 팔꿈치로 찌르며 그에게 대답을 재촉했다.

"인정하라고! 인정하라니까! 저 사람이 산 위의 거인과 닮지 않았소?"

"아니오!"

어니스트는 단호하게 대답했다.

"전혀 닮지 않은 것 같소."

"그렇다면 오히려 저 큰 바위 얼굴에게는 안된 일이로군!"

옆 사람은 이렇게 말한 다음 다시 올드 스토니 피즈를 향해 환호성을 질렀다.

어니스트는 우울하고 의기소침해져 발길을 돌려 버렸다. 예언을
성취시켜 줄지도 모를 인물이 그렇지 못하다는 것을 발견했다는
것은 그에게 있어 가장 슬픈 일이었기 때문이다. 그러는 동안 기마
행렬과 깃발들과 악대와 사륜 마차들이 그를 스쳐 지나갔다. 시끄
러운 군중들이 고함을 지르며 따라갔다. 먼지가 차츰 가라앉자 그
큰 바위 얼굴은 그 아득한 옛날부터 지녀 온 장엄함을 보이면서 다
시 나타났다.

"보아라, 어니스트야! 내가 여기 있다!"

그 자비로운 입술이 말하는 듯했다.

"나는 너보다 더 오래 기다려 왔지만 아직 지치지 않았다. 걱정
하지 마라, 그 사람은 올 것이다."

세월은 또다시 빠르게 흘러갔다. 그리고 시간들은 어니스트의
머리 위에 하얀 서리를 내리고 있었다. 세월은 그의 이마에 성스러
운 주름을 만들었고, 그의 뺨에는 깊은 밭고랑이 패였다. 그는 나
이든 사람이 된 것이었다. 그러나 그는 헛되이 늙은 것이 아니었
다. 늙음은 그의 머리 위에 백발을 얹어 놓은 것보다 그의 마음속
에 더 많은 지혜를 심어 놓았다. 그의 깊이 패인 주름살은 시간의
신이 새겨 놓은 조각으로, 그 안에 인생의 경험에서 얻은 지혜의
전설들을 적어 놓았다.

어니스트는 이제 무명 인사가 아니었다. 구하려고 애쓰지도 않

35

고 바라지도 않았지만 다른 많은 사람들이 추구하는 명예가 그에게 찾아와서 그토록 조용히 살고 있는 이 계곡을 넘어서 그를 온 세상에 널리 알렸다.

대학의 교수들이나 도시의 활동적인 사람들은 어니스트와 만나 이야기를 나누려고 멀리서 찾아왔다. 그것은 이 순박한 농부가 다른 사람들과 다른 고귀한 생각을 갖고 있다는 소문이 온 세상에 퍼졌기 때문이었다.

그의 사상은 책에서 얻은 것이 아니고, 조용하고 친숙한 장엄함을 지닌 것으로, 마치 천사들과 일상의 친구처럼 이야기하는 듯 보다 고귀한 분위기를 갖고 있었다. 그들이 현자이든 정치가이든 박애주의자이든 어린 시절부터 지녀 온 성실함으로 대했으며, 그의 마음이나 그들의 마음속 깊숙이 간직해 온 문제들을 자유스럽게 이야기했다. 그들과 함께 이야기하는 동안 그의 얼굴은 마치 부드러운 저녁 햇살을 받은 것처럼 자신도 모르는 사이에 환하게 빛나 그들의 얼굴을 비추어 주었다.

그와 대화를 나눈 방문객들은 감동에 싸여 깊은 명상에 잠긴 채 떠나기도 했다. 사람들은 계곡을 지나가다가 큰 바위 얼굴 앞에 멈추어 서서 저 큰 바위 얼굴과 닮은 인간을 어디선가 본 듯한 생각을 하면서도 어디서 그 사람을 보았는지를 기억할 수 없었다.

어니스트가 이제 인생의 황혼기를 걷고 있을 무렵, 자비롭고 풍부한 섭리는 이 땅에 새로운 시인을 허락해 주셨다. 그 역시 이 계

곡 출신이었지만 인생의 대부분을 이 낭만적인 고장과는 멀리 떨어진 곳에서 보냈으며, 여러 도시의 혼란과 소음 속에 자기의 달콤한 음악을 쏟아 부었다. 그러나 때때로 소년 시절 그에게 친숙했던 산들이 그의 투명한 시의 분위기 속으로 그 눈 덮인 봉우리를 들이밀기도 했다.

시인은 큰 바위 얼굴을 결코 잊어버리지 않았다. 그는 시에서 큰 바위 얼굴을 찬양했는데, 그 시는 매우 장엄하여 큰 바위 얼굴 자신이 그 장엄한 입술로 직접 낭송하는 것 같았다. 말하자면, 이 천재 시인은 하늘로부터 놀라운 재능을 부여받고 태어난 것 같았다. 그가 산에 대해 노래하면, 온 인류의 눈동자는 직접 산 앞에 서서 바라보는 것보다 더욱 생생하게 산의 가슴에 깃들어 있는 놀라운 웅대함이나 산봉우리로 치솟는 장엄함을 바라볼 수 있었다. 그리고 시인의 주제가 사랑스러운 호수라면 천상의 미소가 그 위에 어려 그 수면 위에서 영원히 빛났다. 만약 그것이 넓고 오래된 바다라면 그 깊고 넓고 무서운 가슴도 그의 노래에 감동한 듯 더 높이 출렁거렸다.

그렇게 시인이 행복한 눈으로 축복을 내리는 순간부터 세상은 또 다른, 그리고 보다 나은 모습을 띠었다. 조물주는 자신의 작품을 마지막으로 손질할 재능을 그에게 부여해 주셨다. 그렇게 시인이 와서 그것을 노래할 때까지는 창조는 완성되지 않았던 것이다.

인류가 시의 주제가 될 때처럼 숭고하고 아름다운 효과를 낼 때는 없었다. 시인의 일상의 길을 지나치는, 사소한 삶의 먼지로 더러워진 남자와 여자, 그리고 그 안에서 뛰노는 어린아이들을 그는 시적 믿음의 분위기 속에서 찬미했다. 그는 그들을 천사와 함께 엮어 주는 거대한 사슬의 황금빛 고리들을 보여 주었다. 그는 그러한 혈연을 가질 자격이 있도록 천성의 숨은 솜씨들을 찾아냈다. 실제로 자연계의 모든 아름다움이나 장엄함은 오직 시인의 상상 속에서만 존재한다고 주장함으로써 그러한 판단의 정당성을 주장하는 사람들조차 있었다. 그들은 아마도 의심할 것도 없이 자연의 경멸 섞인 빈정댐 속에서 태어났을 것이다. 대자연은 모든 더러운 것들이 다 만들어진 다음에 쓰레기 더미를 덕지덕지 그들에게 발라 주었는지도 모른다. 다른 모든 것들보다 시인의 이상이야말로 가장 참된 진실이었다.

이 시인의 노래들이 어니스트에게도 들려왔다. 그는 일과를 마친 뒤 오두막집 문 앞에 있는 의자에 낮아 시인의 노래를 읽었다. 그는 오랫동안 의자에 앉아 큰 바위 얼굴을 바라보면서 생각에 잠기곤 했다. 그러나 지금은 내부에 잠긴 영혼을 전율하도록 한 시를 읽으면서 눈을 들어 그토록 자비롭게 미소를 보내고 있는 그 장엄한 얼굴을 바라보고 있었다.

"오, 위대한 친구여!"

그는 큰 바위 얼굴을 향해 말했다.

"이 사람이야말로 당신을 닮지 않았습니까?"

그 얼굴은 미소를 짓는 듯했지만 아무런 대답도 하지 않았다.

그토록 서로 멀리 떨어져 살고 있기는 했지만, 시인도 어니스트의 명성을 듣고 그의 사람됨에 대해 생각에 잠겼다. 그리하여 시인은, 가르침을 받지 않은 지혜가 삶의 고귀한 소박함과 잘 조화되었다는 이 사람을 만나 보고 싶어했다.

어느 여름날 아침, 그는 기차를 타고 길을 떠나 해질 무렵에 어니스트의 오두막집에서 멀지 않은 곳에서 차를 내렸다. 일찍이 개더골드 씨의 궁전으로 지었던 호텔이 가까이 있었지만 시인은 여행 가방을 어깨에 메고 어니스트가 살고 있는 곳을 물었다. 바로 그의 집에서 묵을 계획이었다.

문 앞으로 다가간 그는 한 선량한 노인이 손에 책을 들고 앉아 그것을 읽다가 손가락으로 자기가 읽던 곳을 짚고 큰 바위 얼굴을 사랑스럽게 바라보고 있는 것을 발견했다.

"안녕하십니까?"

시인이 말했다.

"나그네에게 하룻밤 쉬어 가게 해주실 수 있을까요?"

"기꺼이."

어니스트는 이렇게 말한 다음, 미소를 지으며 덧붙여 말했다.

"저 큰 바위 얼굴이 저토록 다정하게 손님을 맞이하는 것은 본 적이 없습니다."

시인은 어니스트 곁에 앉아 함께 이야기를 나누었다. 시인은 가끔 가장 재치 있고 가장 현명한 사람들과 이야기를 나누어 보았지만, 어니스트와 같은 사람과 이야기를 해 본 것은 처음이었다. 생각과 느낌이 자연스러운 감정을 가지고 터져 나왔고, 또한 위대한 진리들을 소박한 말로써 친숙하게 만들었다.

앞에서 종종 이야기했듯이 그가 들판에서 일을 할 때면 천사들도 그와 함께 일을 하고, 난로가에 앉아 있을 때도 천사들과 함께 쉬었다. 그러는 동안 그는 천사들의 숭고한 이상을 섭취했고, 그는 그것을 부드럽고, 소박하고, 일상에서 흔히 쓰이는 표현으로 자신에게 나타내는 것이라고 시인은 생각했다.

반대로 어니스트는 시인의 마음으로부터 쏟아져 나오는, 살아 있는 이미지들에 동요되고 감동을 받았다. 그것은 이 오두막집을 아름다움의 온갖 형태로 가득 채우고 쾌활하고도 명상적인 분위기로 만들어 주었다. 이 두 사람의 감정은 각자가 혼자서 얻지 못했던 더욱 심오한 감각을 서로에게 일깨워 주었다. 그들의 마음은 하나의 선율 안에서 화합되어 서로의 것을 구별할 수도 없고, 어느 것이 자기 고유의 것이라고 주장할 수도 없는 그런 즐거운 음악을 이루었다. 그들은 그토록 멀고 막연해서 지금까지는 한 번도 가 본 적이 없는 사상의 높은 누각으로 서로를 이끌어 갔는데, 매우 아름다워 그들은 언제까지나 거기에 머무르기를 원했다.

어니스트가 시인의 말을 듣고 있을 때 큰 바위 얼굴도 몸을 굽히고 그의 말을 듣고 있다고 생각했다. 그는 시인의 빛나는 눈을 진

40

지하게 바라보았다.

"비범한 나그네여, 당신은 누구인가요?"

그는 물었다.

시인은 어니스트가 읽고 있던 책 위에 손가락을 얹었다.

"당신은 이 시들을 읽으셨군요."

그가 말했다.

"그렇다면 당신은 저를 확실히 아십니다. 제가 그 시들을 썼습니다."

다시 한 번, 그리고 전보다 더욱 진지하게 어니스트는 시인의 얼굴을 바라보고 큰 바위 얼굴을 바라보았다. 그 뒤 모호한 표정으로 다시 나그네를 바라보았다. 그리고는 머리를 흔들고는 한숨을 쉬었다.

"무엇 때문에 당신은 슬퍼하십니까?"

시인은 물었다.

"왜냐하면……."

어니스트가 대답했다.

"일생 동안 나는 예언이 실현되기를 기다려 왔습니다. 내가 이 시들을 읽었을 때, 나는 그 예언이 당신에게서 실현되기를 기도했습니다."

"당신께서는 내게서 저 큰 바위 얼굴의 모습을 발견하기를 기대하셨군요."

큰 바위 얼굴

시인은 입가에 희미한 미소를 지으면서 말했다.

"하지만 당신께서는 개더골드 씨나, 올드 블러드 앤드 선더 장군, 올드 스토니 피즈 씨에게 실망한 것처럼 이번에도 실망하셨겠군요. 그렇습니다. 어니스트 씨, 그것이 제 운명입니다. 당신은 그 빛나는 세 사람의 이름 뒤에 제 이름을 추가하고 당신의 실망을 기록해야지요. 왜냐하면 부끄럽고 슬픈 이야기지만 어니스트 씨, 저는 저기 자비롭고 장엄한 큰 바위 얼굴과 비교할 자격도 안 되는 사람입니다."

"왜 그렇습니까?"

어니스트가 시집을 가리키며 물었다.

"이 사상들은 신성하지 않습니까?"

"시들은 성스러운 선율을 갖고 있지요."

시인이 대답했다.

"당신께서는 거기에서 천상의 노래와 같은 머나먼 메아리를 들을 수 있습니다. 그러나 어니스트 씨, 제 삶은 제 생각과 일치하지 않았습니다. 저는 위대한 꿈들을 갖고 있었지만, 그것들은 단지 꿈에 불과했습니다. 저는 가난하고 비천한 현실 속에서 살아왔답니다. 그리고 때로는 제가 시로 노래한 자연이나, 인생 속의 장엄함이나, 아름다움이나 선함 같은 것에 대한 신념이 모자랄 때가 있습니다. 그런데, 어떻게 선함과 진실의 순수함을 추구하는 당신께서 신성의 이미지를 제게서 찾으려 하십니까?"

시인은 슬프게 말했고 그의 눈은 눈물로 흐려졌다. 어니스트의 눈도 마찬가지였다.

흔히 있는 일이지만 해질 무렵, 어니스트는 이웃 사람들에게 야외에서 연설을 하기로 했다. 그와 시인은 팔짱을 끼고 이야기를 계속 주고받으면서 그 장소까지 걸어갔다. 그곳은 회색의 절벽을 뒤로 한 언덕 사이에 있는 작은 공터였다. 절벽의 황량한 표면은 벌거벗은 암벽을 위해 벽에 융단을 짜 준 것 같은 많은 담쟁이 잎새들이 장식되어 있었는데, 그곳은 사람 하나가 들어서서 열렬한 사상과 진실한 감정으로 자연스럽게 솟구치는 몸짓을 하기에 충분한 공간이었다.

어니스트는 이 자연의 설교단 위에 올라서서 예의 그 자상한 표정으로 청중을 둘러보았다. 그들은 서 있거나 앉아 있었고, 자기들 편한 대로 풀밭에 누워 있기도 했다. 저무는 햇살이 그들 위에 비스듬히 떨어지고 있었다. 그 빛은 고목이 들어찬 이 숲 속의 엄숙한 분위기에 나뭇가지 사이로 황금빛 햇살들을 흘려 보냈다. 그리고 멀리 그 활발함과 엄숙함이 섞인 자비로운 모습의 큰 바위 얼굴이 보였다.

어니스트는 자기의 심장과 마음속에 있는 모든 것을 바쳐 사람들에게 연설하기 시작했다. 그의 말은 그의 생각과 일치되어 있었기에 힘이 있었다. 그리고 그의 사상은 그가 살아 온 삶과 언제나 조화를 이루고 있기에 현실감과 깊이가 있었다. 이 설교자가 하는 말은 단순한 숨소리가 아니었다. 그것은 생명의 말들이었다. 선한 행위의 삶과 성스러운 사랑이 그 말들 속에 용해되어 있었기 때문이다. 이 중요한 한 마디 한 마디마다 순결하고 값진 진주가 녹아 들어간 것이다.

그의 말을 들으면서 시인은 어니스트의 존재와 인품은 자신이 지금껏 써 왔던 어떤 시보다도 더욱 고귀하다는 것을 느꼈다. 그는 눈물로 반짝이는 눈을 들어 그 숭고한 사람을 존경의 눈길로 바라보았다. 그리고 흰머리를 자랑스럽게 흩날리고 있는 저 부드럽고 온화하고 사려 깊은 얼굴이야말로 예언자나 현자다운 얼굴이라고 혼자서 되뇌었다. 멀리서, 그렇지만 분명히 저무는 태양의 황금빛 햇살 속에 큰 바위 얼굴이 나타났다. 그 얼굴 주위의 하얀 안개는 어니스트의 이마 주위에 흩날리는 백발처럼 보였다. 그 장엄한 자비의 표정은 온 세상을 감싸 안을 듯했다.

그 순간, 어니스트는 사람들에게 전달하려는 다음 대목을 생각하며 잠시 침묵에 잠겼다. 그 표정은 자비로 가득 찼으며 장엄하기까지 했다. 시인은 더 이상 충동을 억누를 수 없어 두 팔을 위로 높이 쳐들고 외쳤다.

"모두들 보시오! 어니스트야말로 바로 큰 바위 얼굴과 똑같습니다!"

그러자 모든 사람들이 그를 바라보았다. 그리고 통찰력이 깊은 시인의 말이 사실이라는 것을 알았다. 예언은 실현되었다. 그러나

어니스트는 그가 하고자 하던 말을 다 끝마치고 시인의 팔을 잡은
채, 여전히 큰 바위 얼굴을 닮은, 자기보다 더 현명하고 더 선량한
사람이 나타나기를 기대하면서 천천히 집을 향해 걸어갔다.

큰 바위 얼굴

웨이크필드

웨이크필드

어떤 묵은 잡지에선가 신문에서, 오랫동안 아내와 떨어져 있던 어떤 남자—우리는 그를 웨이크필드라고 부르기로 하자—에 대한 이야기가 실화로 실렸던 것을 나는 기억한다. 이 사건은 흔히 말하자면 그다지 특별할 것도 없고, 또 내용을 잘 알지 못하고서는 크게 떠들어 댈 일도 아니며, 어떻게 보면 무의미한 일이기까지 했다. 어쨌든 이 이야기는 결혼 생활에 있어서 배우자 부적격 사례의 기록상 가장 심한 예는 아니더라도 가장 기이한 실례는 될 것이다. 적나라하게 말하자면 인간의 기벽 중에서도 변태에 속하는 행위였다.

이들 부부는 런던에 살고 있었다. 이 남자는 여행을 떠난다는 구실로 자기 집 바로 앞에 하숙을 정하고 그렇게 이십 년이 넘도록 그곳에서 거주한 것이다. 그 동안 그는 매일같이 자기 집을 바라보았으며, 고독한 모습의 자신의 부인도 자주 보와 왔다. 그런데 그의 행복한 결혼 생활에 이처럼 큰 공백이 생기고 조금 더 오랜 시간이 지난 후—그는 틀림없이 죽었을 것이라고 생각되어 그의 재산이 처분되고, 그의 이름이 기억에서 사라져 버리고, 그의 부인은 자기를 인생의 황혼기에 접어든 과부로 단념한 지도 오래된—어느 날 저녁, 그는 하루 동안의 외출에서 돌아오기라도 한 듯 조용히 옛 집으로 돌아와서는 남은 인생을 금실 좋은 부부로 살았다는 내용의 기사였다.

이것은 대충 기억나는 사건의 전모이다. 그러나 이 일은 전례가 없는 순전히 독창적인 것으로서 결코 되풀이될 성질의 것은 아니지만, 무엇인가 인류의 공통된 감정에 호소하는 것이 있다고 생각된다.

우리들 중, 어느 누구도 그런 어리석은 일을 범하지 않으리라는 것을 알고 있지만, 그러나 다른 어떤 사람이 그런 일을 저지를지도 모른다는 생각은 할 수 있다. 적어도 내게 이 이야기는 언제나 흥미를 돋구었고, 틀림없이 사실일 것이라는 생각과, 또 그 주인공의 성격에 대한 상상도 머리 속에서 떠나지 않았다. 어떤 문제든지 사람의 마음을 그토록 강하게 끌어당길 때에는 언제나 그것을 생각하는 데 많은 시간을 할애하기 마련이다. 만일 독자가 그러고 싶다면 그 나름대로 생각해 보는 것도 좋고, 아니면 나와 함께 웨이크필드의 이십 년 동안의 기이한 행적을 더듬어 보고 싶은 생각이 있다면 나 역시 환영하는 바이다. 이 이야기에서는 비록 우리가 그것을 발견할 수는 없다 하더라도 간결하게 집약된, 한 마디 정도로 압축된 정신과 교훈이 있으리라는 것을 나는 믿고 있다. 사상이란 항상 그 고유의 힘을 가지고 있으며, 모든 충격적인 사건이란 그 고유의 교훈을 갖고 있는 법이다.

도대체 웨이크필드는 어떤 부류의 인간이었을까?

우리는 자유롭게 우리 자신의 생각을 형체로 만들어 그것에 그의 이름을 붙일 수가 있다. 그는 당시 인생의 전성기였다. 그의 남편으로서의 아내에 대한 애정은 결코 열렬한 것도 아니었으며 조용하고도 습관적인 것이었다. 세상 모든 남편 가운데서 그는 가장 충실하게 변하지 않는 남편으로 꼽힐 수 있을 정도였다. 왜냐하면 일종의 둔하고 나태한 성질은 어떤 경우에 처하든 사람의 마음을 편하게 해 주기 때문이다.

그는 지적이었지만 적극적인 편은 아니었다. 그의 마음은 목적도 없는 길고 게으른 깊은 사색에 빠져 있었다. 또한 목적을 달성해야겠다는 적극성도 갖고 있지 못했다. 그의 사상은 언어로 포착할 만큼 강렬한 것도 아니었다. 상상력이란, 이 말의 본래의 의미대로 해석한다면 웨이크필드의 타고난 기품 속에는 들어 있지 않았다. 그의 가슴은 차가웠지만 사악하다거나 종잡을 수 없을 만큼 변덕스럽지는 않았고, 선동적인 사상으로 들뜬다거나, 어떤 기발

한 생각으로 인해 혼란해지는 일이 결코 없었던 만큼, 우리의 친구 웨이크필드가 이런 괴이한 행동을 하는 사람 가운데서도 제일 수위를 차지하리라고 누가 예측이나 할 수 있었으랴?

만일 그를 아는 사람들에게, 런던에서 그 다음날까지 기억될 만한 일을 오늘 아무것도 행하지 않을 것이 가장 확실한 사람이 누구냐고 물어 본다면 그들은 아마 틀림없이 웨이크필드를 생각했을 것이다. 단지 그의 속까지 아는 웨이크필드의 부인만이 주저했을지 모른다.

그녀는 비록 그의 성격을 분석해 본 적은 없었지만 그의 게으른 마음에 녹슬 듯 덮인 고요한 이기심―그것은 그에게 있어 가장 불안한 속성으로서 일종의 독특한 허영심이었다―과, 폭로할 가치도 없을뿐더러 별반 이렇다 할 효과를 올리지 못하는 잔꾀, 그리고 착한 사람들에게서 때때로 볼 수 있는, 그녀가 괴벽이라고 부르는 그러한 점들을 알고는 있었다. 이 마지막 성질은 뭐라고 꼭 집어 말할 수 없는 막연한 것으로서 실제로 존재하지 않았을지도 모른다.

자, 그러면 웨이크필드가 그의 아내에게 작별을 고하는 장면을 상상해 보기로 하자.

때는 시월의 어느 저녁 황혼녘이었다. 그의 여장이라고는 우중충한 다갈색의 큰 코트와 기름먹인 천을 씌운 모자, 장화 그리고 한 손에 우산을 들고 다른 손에는 조그마한 여행 가방이 전부였다. 그는 아내에게 밤 마차를 타고 시골에 간다고 말했다. 여자는 남자의 여행 기간과 목적과 대략 언제쯤 돌아올 것인지를 당연히 묻고 싶었지만 별 해로울 것 없는 그의 비밀 애호성을 건드리기 싫어 단지 눈짓으로만 물어 볼 따름이었다.

그는 아내에게, 돌아오는 마차 편으로 꼭 오리라는 기대는 하지도 말고, 사나흘 정도 경과하더라도 놀랄 것은 없으며, 그러나 무슨 일이 있어도 금요일 저녁 식사 때까지는 돌아올 것이라는 말을 했다. 웨이크필드 자신도 무엇이 자기 앞에 가로놓여 있는지 전혀 알지 못했다고 생각해 두자.

그는 손을 내밀었고, 아내 역시 손을 내밀어 십 년 동안의 결혼 생활에서 일상화된 자세로 작별의 키스를 받는다. 그리고 이 중년의 웨이크필드 씨는 한 일주일쯤 집을 비워 착한 아내를 놀래 줄까 하고 결심한 듯이 떠난다. 그의 등뒤로 문이 닫혀진 후, 여자는 문을 조금 밀어 그 틈으로 자기에게 웃어 보이는 남편의 얼굴과 그것이 곧 또 사라져 가는 것을 본다. 순간적으로 이 사소한 일을 별 생각 없이 흘려 버리고 만다.

그러나 오랜 시간이 흐른 뒤 그녀가 아내로서 지낸 세월보다 과부로 지낸 세월이 더 오래되었을 때, 이 미소는 회상 속에 다시 떠올라 웨이크필드의 얼굴에 대한 모든 기억을 압도했다. 수많은 생각 속에서 그녀는 본래의 그 미소를 무수한 환상으로 에워쌈으로써 그 미소를 기억하고 대단한 것으로 만드는 것이었다. 예를 들어, 남편이 관 속에 있다고 상상할 때면, 그 작별하던 때의 모습이 그의 핏기 없는 얼굴 위에 얼어붙어 있는 듯 생각되었고, 남편이 천국에 있다고 몽상하면 그의 축복받은 영혼은 여전히 고요하고도 잔잔한 미소를 띠었다. 결국 이 미소로 인해 다른 사람들이 모두 다 그는 죽은 사람이라고 단념해 버릴 때에도 그녀는 자기가 진정 과부인지를 의심하는 때가 있었다.

그러나 우리의 관심사는 남편에게 있다. 우리는 그가 런던 생활의 대집단 속에 그의 개성을 잃고 녹아 없어지기 전에 그의 뒤를 쫓아가지 않으면 안 된다. 일단 런던이라는 삶의 거대한 집단 속에 파묻히면 그를 찾으려 해도 헛된 일일 것이다. 그러므로 우리는 여러 번 공연히 이 모퉁이 저 모퉁이를 돌다가 앞에서 말한 조그마한 셋방 난로가에 그가 편하게 자리잡고 앉을 때까지 뒤를 바싹 쫓아 따라가기로 하자.

그는 자기가 사는 거리의 바로 이웃 거리에 왔고, 그것으로 그 여행은 끝이 난 것이다. 그는 이곳까지 아무에게도 들키지 않고 도착한 자신의 놀라운 행운을 거의 믿을 수 없었다. 한번은 불 켜진 가로등 바로 한가운데서 혼잡한 군중 때문에 지체하기도 했고, 주변의 무수한 발자국 소리들 중에서 자신을 뒤쫓는 듯한 발자국 소리가 유난히 크게 귀에 들어온 적이 있었으며, 때로는 갑자기 멀리서 외치는 소리가 들려 자기를 부르는 소리라고 느꼈던 때를 떠올리면 더욱 아슬아슬한 생각이 들었다. 의심할 여지도 없이 남의 일에 참견하기 좋아하는 한 다스나 되는 사람들이 자기를 감시하고 있다가 자기 아내에게 모든 사실을 고자질했을 것만 같았다.

가엾은 웨이크필드여! 이 넓은 세상에서 나 이외에는 아무도 그대를 뒤쫓은 사람은 없다네. 어리석은 사람아, 조용히 잠자리에 들었다가 내일 아침 현명해지거든 착한 웨이크필드 부인에게로 다시 돌아가서 그녀에게 사실을 고백하게. 단 일주일이라도 그대 부인의 따스한 품속을 떠나지 말게. 만일 그대의 부인이 단 한순간이라도 그대가 죽었다거나, 행방불명이라거나, 혹은 영원히 자기와 이별한 것이라고 생각하게 된다면 그대는 이후 영원히 그대의 진실한 부인에게 일어나는 가슴 아픈 변화를 듣게 될 것일세.

인간의 애정에 틈을 만드는 것은 위험한 일이다. 그 이유는 애정의 틈이 너무 오래도록, 또는 너무 넓게 벌어진 채로 있기 때문이 아니고, 너무도 빨리 그것이 아물어 버리기 때문이다.

자기의 이 장난—명칭을 무엇이라고 하든—을 뉘우치면서 웨이크필드는 언뜻 든 잠에서 갑자기 깨어나, 익숙하지 못한 침대의 광막하고 고독한 황야에 두 팔을 활짝 뻗어 본다. 그리고 이불을 끌어당기면서 생각한다.

'아니야. 다시는 밤에 혼자 자지 않을 거야.'

아침이 되자 그는 평소보다 일찍 일어나서 정말 자기가 무엇을 하려는 것인지를 생각해 보려고 한다. 그는 사실 어떤 목적 의식을 가지고 극히 이상한 이 조처를 취하기는 했지만 자기 사고에 맞도록 충분한 정의를 내리지는 못했다. 계획의 막연함이라거나 이 계획을 위해 쏟는 발작적인 노력, 이 모든 것은 의지가 박약한 사람의 공통된 특징이다.

여하튼 웨이크필드는 자기의 생각들을 면밀히 검토해 보며, 또한 집에서 무슨 일이 일어나고 있는지—자기의 정숙한 아내가 일주일 동안의 과부 생활을 어떻게 견디는지, 그리고 자기가 없으므로 말미암아 어떤 영향을 받을까 하는 것—를 자신이 몹시 궁금해한다는 것을 발견하게 된다. 결국 어떤 병적인 허영심이 이 사건의 밑바닥 가장 가까이 놓여 있는 것이다.

그럼 그는 어떻게 자기의 목적을 달성할 것인가? 우선 역마차가 밤새도록 빙빙 돌아서 실어다 준 것처럼 멀리 떠나온 듯, 효과적인 객지 생활의 분위기를 느끼게 해주는 이 편안한 하숙집에 틀어박혀 있는 것만으로는 안 될 일이다. 그렇다고 그가 다시 나타난다면 이 계획은 모조리 수포로 돌아가고 만다.

그의 빈약한 두뇌는 진퇴양난의 이 문제에 절망적일 정도로 혼선을 일으켜 결국에는 거리의 끝 모퉁이를 가로질러 자기가 버리고 온 집을 한번 바라보기라도 할 마음으로 과감하게 밖으로 나선다. 습관—그는 습관적인 사람이므로—이 그의 손을 잡고 완전히 무의식 상태에서 그를 자신의 집 바로 문 앞까지 이끌어 간다. 여기에서 바로 결정적인 순간에 계단에 부딪치는 자신의 발자국 소리에 질겁하며 그는 정신을 차린다.

웨이크필드! 그대는 어디로 가는 것인가?

이 찰나에 그의 운명은 축 위를 돌고 있었다. 자신의 뒷걸음질의 제 일 보가 그를 어떠한 운명으로 이끌 것인지에 대해서는 상상도 하지 못한 채, 그는 지금까지 느껴 보지 못한 흥분으로 숨이 막힐 듯이 황급히 물러가서 먼 길모퉁이까지 도망쳤음에도 고개조차 돌리지 못한다. 아무도 자신을 보지 못했을까? 온 집안—착실한 웨이크필드 부인, 영리한 하녀, 꾀죄죄한 심부름꾼 아이가—이 도망간 주인을 찾아 런던 거리를 이리저리 고함치고 다니지는 않을 것인가? 참으로 놀라운 도주다.

그는 겨우 용기를 내어 멈추어 서서 자기 집 쪽을 바라보았지만, 낯익은 건물에 어떤 변화가 있음을 느끼고는 마음이 들뜬다. 이 느낌이란 몇 개월 혹은 몇 년 동안 떠나 있다가 다시 그 옛날의 정든 언덕이나 호수나 예술 작품을 바라볼 때 우리가 때때로 느끼는 그런 느낌이었다. 보통의 경우, 이 표현하기 어려운 느낌은 우리의 불완전한 기억과 현실 사이의 차이에 의해 일어나는 것이다. 웨이크필드의 경우에 있어서는 단지 하룻밤의 마력이 이와 유사한 변화를 일으킨 것인데, 그것은 이 짧은 기간에 커다란 도덕적 변화가 생겼기 때문이다. 그러나 이것은 그 사람 자신은 모르는 일이다.

자리를 떠나기 전에 그는 자기의 아내가 얼굴을 거리의 위쪽으로 향하고 앞 창문을 스쳐 지나가는 모습을 멀리서 잠깐 보았다. 이 속이 좁은 못난이는 수많은 미분자 같은 인간들 가운데서도 유독 아내의 눈이 자기를 보았으리라는 생각에 겁을 집어먹고 부리

나케 달아난다. 그는 하숙집 석탄 난로가에 앉고 나서야—비록 현기증에 약간의 구토 증세마저 느꼈지만—비로소 진정한 기쁨을 느낀다.

이 주책스러운 기나긴 변덕은 이렇게 해서 시작된 것이다. 이 최초의 발상 이후, 이를 실천에 옮길 수 있도록 그의 나태한 성질을 자극시켜 놓기만 하면 모든 일은 저절로 궤도를 타고 돌아가기 마련이다.

우리는 그가 오랜 심사숙고 끝에 붉은 빛 가발을 사고, 유대인 장사꾼의 구식 가방에서 그가 습관처럼 입던 갈색 옷과는 다른 여러 가지 의복을 고르고 있는 모습을 상상해 볼 수 있을 것이다. 변장은 잘 이루어졌다. 웨이크필드는 딴 사람이 된 것이다.

새로운 체계가 잡혔으므로 이제 와서 과거로 역행한다는 것은 그가 처음 이 일에 발을 옮겨 놓았던 그때만큼이나 어려운 일이 되었다. 뿐만 아니라 그는 예전에도 때때로 그의 기질 속에 가끔 일어나던, 그러나 지금은 자기 아내의 마음속에 일어났으리라고 짐작되는—온당하지 못한 감정으로 인해 생긴—우울증 때문에 아주 고집불통이 되어 갔다. 그는 아내가 놀라 거의 빈사 상태에 이르기 전에는 결코 집으로 돌아가지 않으리라 다짐한다.

그렇다. 두세 번쯤 아내는 그의 눈앞을 지나쳤는데, 그럴 때마다 그녀의 발걸음은 더욱 무거워지고, 뺨은 더 창백해지고, 더 근심에 잠긴 얼굴로 지나갔다. 그리고 그가 집을 비운 지 삼 주가 되던 때

에 약제사처럼 보이는 사람이 집으로 들어가는 불길한 징조를 탐
지한다.

다음날은 현관문에 달린 문고리가 소리가 약하게 나도록 싸매져
있었다. 날이 저물 무렵 의사의 마차가 와서 웨이크필드의 집 출입
문 앞에 큰 가발을 쓴 근엄한 풍채의 손님을 내려놓았다. 그로부터
십 오 분쯤 후 그가 다시 나왔는데, 영락없이 장례식의 전령처럼
보였다. 아, 내 사랑하는 아내! 그녀는 죽을 것인가?

이쯤에 이르러 웨이크필드는 무엇인가 용솟음치는 감정으로 흥
분되어 있었지만, 그래도 이런 위기에 아내의 마음에 충격을 주어
서는 안 된다고 양심에 변명하면서, 그는 아내의 병상에서 멀리 떨
어져 머뭇거렸다.

양심 이외에 어떤 다른 것이 그를 제압하고 있다 하더라도 그 자
신은 그것을 전혀 모른다. 몇 주일 지나자 그녀는 차츰 회복된다.
위기는 넘긴 것이다. 그녀의 마음은 슬프기는 하지만 아마도 평온
할 것이다. 그래서 남편이 조만간 돌아온다 하더라도 그 때문에 정
신을 잃거나 하지는 않을 것이다. 이러한 생각이 웨이크필드의 마
음의 안개 속을 뚫고 어슴푸레 반짝여, 그로 하여금 건널 수 없는
심연이 이 셋집과 자기의 옛집을 갈라놓고 있다는 생각을 조금 갖
게 만들었다.

"집은 그저 이웃 거리에 있는데!"

그는 때로 이렇게 말하기도 한다. 어리석은 자여, 그것은 다른

세계에 있는 것이다! 지금까지 그는 자신의 귀가를 어떤 특정한 날로부터 다음에 오는 다른 특정한 날로 미루어 오곤 했다. 그 후부터 그는 어떤 시기를 정하지 않은 채 그냥 내버려두었다. 내일은 아니고 그저 머지않아라고. 가엾은 사람이여! 죽은 사람이 이승의 옛집을 찾을 기회가 없는 것과 마찬가지로 스스로를 추방한 웨이크필드로서는 집에 돌아갈 수 있는 기회란 없는 것이다.

내가 지금 이 이야기를 열 두 페이지밖에 안 되는 짧은 기사가 아니라 이 절 판의 책자로 쓰는 것이라면 좋겠다! 그렇게 되면 나는, 인간의 힘으로써는 어떻게 할 수 없는 어떤 힘이 우리가 하는 모든 일에 어떻게 작용해서, 그 결과를 필연이라는 강철 같은 조직 속으로 짜 넣을 것인지를 예시할 수 있을지도 모른다.

웨이크필드는 마술에 걸려 버렸다. 우리는 그가 십 여 년 동안이나 자기 가족과 마주치지 않고, 자기 집 주위를 유령처럼 배회하고, 아내의 가슴속에서 자신의 존재가 서서히 사라져 가고 있는 동안 가능한 한의 온갖 애정을 바쳐 아내에게 충실하게 지내도록 내버려두어야만 한다. 한 가지 주목할 것은, 이미 오래 전에 그는 자기의 행동이 괴상하다는 지각을 상실해 버렸다는 사실이다.

자, 여기 또 하나의 장면이 있다! 런던 어느 거리의 군중 속에서 지금 점점 중년이 되어 가는 한 남자를 보게 된다. 이 사람은 부주의한 관찰자의 눈을 끌 만한 특징은 별로 없지만, 예리한 사람의 눈으로는, 그의 전 모습에서 무언가 독특한 운명의 흔적을 엿볼 수 있다.

그는 야위었고 낮고 좁은 이마에는 주름살이 깊게 패어 있다. 작고 광채 없는 그의 눈은 때때로 근심스럽게 주위를 이리저리 두리번거리지만, 그보다는 오히려 자신의 내면을 살펴보는 때가 더 많은 듯했다. 그는 머리를 숙이고 표현할 수 없이 기우뚱한 모습으로 마치 자기의 전 모습을 세상에 드러내기 꺼리는 듯이 걸어간다. 지금 묘사한 것을 잘 알아볼 수 있을 정도로 그를 오랫동안 관찰해 보면 환경—그것은 때로 자연의 평범한 세공품을 갖고도 비범한 인간을 만들어 내기도 한다—이 여기에서도 그러한 사람 하나를 만들어 냈다는 것을 확신하게 될 것이다.

다음에는 그를 보도 옆을 따라 걸어가는 대로 내버려두고 눈을 반대 방향으로 던져 보라. 거기에는 뚱뚱하고 꽤 나이든 부인이 손에 성경책을 들고 저편 쪽에 있는 교회당으로 가는 것이 보인다. 그 여인은 틀에 잡힌 과부의 평온한 태도를 지니고 있다. 그녀의 회한은 사라졌거나, 그녀의 마음속에 없어서는 안 될 소중한 것이 되어 이제 어떤 환희와도 바꿀 수 없는 것이 되어 버렸다.

바로 이 야윈 남자와 풍채 좋은 이 여자가 지나치려 할 때, 작은 사고가 생겨 이 두 사람을 직접 맞부딪치게 했다. 두 사람의 손이 닿고, 군중에 밀려 여자의 가슴은 남자의 어깨에 닿게 된다. 두 사람은 서로 얼굴을 마주보며 상대방의 눈을 뚫어지게 응시하며 서 있다. 십 년의 이별 후에 웨이크필드는 이렇게 아내와 재회한 것이다!

사람의 물결은 밀려가며 두 사람을 떨어뜨려 놓는다. 침착한 과부는 본래의 모습으로 돌아가서 교회당으로 계속해 걸어갔지만 현관에 이르러서는 발을 멈추고 거리 쪽으로 혼란스러운 눈길을 던진다. 잠시 그렇게 서 있던 여인은 기도서를 펼치면서 교회당으로 들어간다.

그런데 그 남자는—분주하고 이기적인 런던 사람들조차도 발걸음을 멈추고 그의 뒷모습을 바라볼 정도로—극히 사나운 얼굴을 하고 황급히 하숙집으로 돌아가 문에 빗장을 지르고 침대 위에 몸을 던진다. 여러 해 동안 숨어 있던 감정이 폭발한 것이다. 그의 박약한 마음은 감정의 힘에서 순간적인 활력을 얻는다. 자기 삶의 모든 비참한 이상스러움을 스스로 느끼고 만 것이다. 그는 격앙해서 부르짖었다.

"웨이크필드여! 웨이크필드여! 너는 미쳤구나!"

아마 그럴지도 모른다. 그의 유별난 행동이 그를 그런 처지로 만들어 갔을 것이므로, 그의 동료들과 세상사에 비추어 생각한다면 그가 정상적인 정신을 가졌다고 말할 수는 없을 것이다. 그는 죽은 사람의 대열에 낀 것도 아니면서, 살아 있는 사람으로서의 자기의 지위와 특권을 포기하고, 세상으로부터 자신을 단절시켰거나 우연히 그렇게 된 것이다. 은둔자의 생애도 그의 생애에 비길 것은 되지 못한다.

그는 예와 다름없이 런던의 번잡한 도시 한가운데서 살았지만, 군중은 그를 지나쳐 가면서도 한 번도 그를 알아보지는 못했다. 비유해 말하자면, 그는 언제나 아내의 곁에, 그리고 자기 집 난로 앞에 있으면서도 화덕의 따뜻함이나 아내의 애정을 느껴서는 안 되었다. 여전히 인간적인 관심사에 얽매여 있고, 원래의 인간적인 동정심을 가지고 있으면서도, 사람들과 영향을 주고받을 수 없는 것이 이 웨이크필드의 기이한 운명이었다.

이러한 환경들이 개별적으로 또는 한데 어울려 그의 마음과 정신에 미치는 영향력을 고찰해 본다는 것은 극히 흥미 있는 일이다. 그러나 그는 그렇게 변한 후에도 그것을 별로 인식하지 못하고 언제나 자기는 전과 같은 사람이라고만 생각하고 있었다.

사실 진리의 섬광이 번뜩일 때도 있었지만 그것은 정말 일순간에 지나지 않았다. 그래도 그는 아직 중얼거리고 있었다.

"나는 곧 돌아갈 거야!"

이십 년 동안이나 이렇게 중얼거려 왔다는 사실조차 그는 의식하지 못하고 있는 것이다.

회고해 보면, 사실 이십 년이란 세월도 웨이크필드가 맨 처음 집을 떠나 있기로 작정했던 일주일보다 더 긴 시간이 아니었다고 나는 생각한다. 그는 이 일을 그의 주된 인생 행로의 한 간주곡 정도로밖에는 생각하지 않은 것이다.

시간이 조금 더 흐른 뒤, 집으로 돌아갈 적절한 시기라고 생각해서 다시 돌아간다면 아내는 중년이 된 자신을 보고 기뻐 손뼉을 치리라고 그 스스로 생각한다. 아, 이 얼마나 큰 착각인가! 만일 '시간'이 우리가 흔히 저지르는 장난이 끝나기를 기다려만 준다면 우리는 모두 다 최후의 심판 날까지 젊음을 간직한 채로 있을 것이다.

자취를 감추어 버린 지 이십 년이 되던 어느 날 저녁, 웨이크필드는 여전히 자기의 집이라고 부르는 그 집을 향해 습관적으로 산책을 하고 있었다.

때는 돌풍이 부는 어떤 가을밤이었다. 소낙비가 가끔 인도에 후두둑 떨어지다가도 사람들이 우산을 꺼내 받치기도 전에 그치곤 했다. 집 근처에서 걸음을 멈추고 웨이크필드는 이 층에 있는 객실 창을 통해서 가물거리다가는 확 하고 달아오르는 기분 좋은 난로의 붉은 불꽃을 바라보았다. 아, 천장에는 마음씨 착한 웨이크필드 부인의 그림자가 우스꽝스럽게 비쳐 보였다. 모자 코와 턱과 굵은 허리가 훌륭한 풍자화를 이루어 그것이 또 위로 펄럭이고 아래로 가라앉아 화염과 어울려 춤추는 모양은 중년 과부의 그림자치고는 좀 지나칠 정도로 유쾌한 모양이었다.

바로 그 순간 소나기가 쏟아졌는데, 이것이 돌풍에 실려 웨이크필드의 얼굴과 가슴팍으로 사정없이 들이친다. 가을의 으시시한 한기가 그의 몸에 스며들었다. 자기 집 난로에는 그를 따스하게 해 줄 뜨거운 불이 지펴져 있고, 그의 아내는 달려가서 침실 벽장 속에 틀림없이 잘 간직해 두었을 회색 코트와 속옷들을 가져올 텐데, 그는 왜 여기에 서서 비를 맞고 떨고 있는 것인가? 아니다! 웨이크 필드는 그런 바보는 아니다. 그는 층계를 무거운 걸음—그가 마지 막으로 내려온 후 이십 년이란 세월이 그의 다리를 뻣뻣하게 만들 었기 때문에—으로 올라갔다. 그래도 그는 이것을 알지 못한다.

걸음을 멈추어라, 웨이크필드여! 그대는 자신에게 남겨진 유일 한 가정으로 돌아가려고 하는 것인가? 그렇다면 그대의 무덤으로 들어가야만 되네.

문이 열렸다. 그가 들어설 때에 우리는 그의 얼굴에 마지막 일별 을 던져 본다. 그의 얼굴에서, 아내의 일생을 희생해 가면서 지금 껏 꾸며 왔던 그 작은 장난의 전초병인 교활한 미소를 발견한다.

얼마나 무자비하게 그 불쌍한 부인을 농락했던가! 여하튼 웨이 크필드여, 이 밤을 평화롭게 쉬게나!

이렇게 끝을 맺는 사건—만일 그렇게 생각될 수 있다면—은 어 떤 돌발적인 순간에만 일어날 수 있을 것이다. 우리는 친구를 따라 문지방까지 넘어 들어가지는 않기로 하자. 그는 우리에게 많은 생 각할 거리를 남겨 주었다. 그중 일부의 지혜를 교훈으로 삼아 하나 의 표상을 만들 수도 있을 것이다.

이 불가사의한 세상의 표면적인 혼란 속에서도 개인은 극히 정 교하게 한 개의 조직 속에 조정되고 있으며, 조직들은 또 그 상호 간으로, 또 전체적으로 조정되고 있기 때문에 잠깐 동안이라도 조

직을 벗어난다면 그 사람은 영원히 자기의 자리를 상실한다는 무
서운 모험을 스스로 행하게 되는 셈인 것이다. 아마도 웨이크필드
처럼 우주로부터의 추방자가 될지도 모른다.

환상적인 이야기

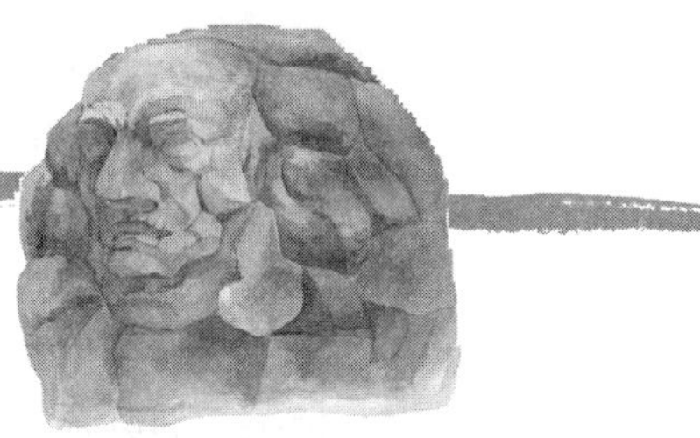

환상적인 이야기

솔직히 우리는 우리 자신의 생애나 우리의 운명을 좌우하는 사건들에 관해 정말 극소수의 부분밖에는 알 수가 없다. 그 외에 우리의 신변에 닥쳐 온 일이지만 현실적으로는 아무런 결과도 나타내지 않으며, 또한 우리의 마음속을 가로질러 가면서도 어떤 의식할 수 있는 빛이나 그림자조차 던지지 않아 가까이 다가왔다는 사실조차도 알아채지 못하고 지나쳐 버리는 사건들—이런 따위의 것들도 사건이라고 이름을 붙일 수 있다면—이 수없이 많다.

만일 우리가 우리 자신의 운명의 모든 변화를 의식할 수 있다면 우리의 인생은 희망과 절망과 환희와 공포가 지나칠 만큼 빠르게 교차해 우리는 한순간도 진정한 마음의 평화를 얻을 수 없을 것이다. 이러한 생각은 데이빗이 마음속에 품은 소원의 비밀 한 토막으로 예증될 수 있을 것이다.

우리는 데이빗이 스무 살 때 고향을 떠나, 식료품 가게를 경영하는 그의 큰아버지가 그를 점원으로 채용하기로 되어 있는 보스턴 시로 가는 큰 길목에서 그를 발견할 때까지의 그의 과거에 대해서는 전혀 상관할 필요가 없다. 단지 그가 뉴햄프셔에서 중산층의 양친 사이에서 태어났으며, 보통의 학교 교육을 받은 다음 길맨톤 중학에서 일 년 동안 고전을 배웠다는 사실만 언급해 두는 것으로 충분할 것 같다.

어느 여름, 해뜰 무렵부터 정오가 될 때까지 줄곧 걸어서 여행을 했기 때문에 피로와 더위에 지친 데이빗은 나무 그늘에서 잠시 앉아 쉬면서 역마차를 기다리기로 작정했다. 그런데 얼마 가지 않아서 마치 그를 위해 심어 놓은 것 같은 조그만 단풍나무 숲이 나타났다.

그곳에는 아늑한 장소도 있고, 데이빗 이외의 다른 여행자의 눈에는 띈 적이 없는 듯한 맑은 샘물도 있었다. 이 샘물이 어떻든 생각해 볼 겨를도 없이 그는 타는 입술로 샘물에 키스한 다음, 줄무늬의 목면 보자기로 싼 몇 벌의 셔츠와 바지 한 벌이 들어 있는 보퉁이 위에 머리를 뉘었다. 햇살은 그에게 미치지 못했고, 전날 비가 많이 온 뒤라 길에는 아직 먼지가 일지 않았다. 게다가 그가 누운 풀밭은 새털을 깐 침대보다도 더욱 포근했다.

용솟음치는 샘물은 그의 옆에서 졸음을 청하는 듯이 속삭이고,

나뭇가지들은 머리 위에서 하늘을 가로질러 꿈결같이 나풀거렸다. 그리고는 깊은 잠이 비밀스러운 꿈을 숨긴 채 데이빗에게 내려앉았다.

이제부터 우리는 그가 꿈속에서도 생각하지 못했던 사건들을 이야기하려는 것이다.

그가 나무 그늘에서 곤히 잠들어 있는 동안 다른 사람들은 걸어서, 혹은 말을 타고, 또는 여러 가지 마차를 타고 그가 누워 있는 양지 바른 길 위를 이리저리 오가고 있었다. 어떤 사람은 좌우를 눈여겨보지도 않아서 데이빗이 거기에 있는 것조차 알지 못했다. 어떤 사람은 자기 생각에 골똘해서 그쪽을 언뜻 바라보았을 뿐 잠자는 그를 알아차리지도 못한 채 지나갔다. 어떤 이들은 그가 깊이 잠든 것을 보고 미소를 지으며 지나갔으며, 또 가슴속에 증오만이 가득 찬 몇몇 사람들은 데이빗을 향해 그들의 넘쳐 나는 독기를 내뿜어 보냈다.

어떤 중년 과부 한 사람은 주위에 아무도 없는 것을 알고 그 단풍나무 그늘 속으로 머리를 약간 들이밀고는 잠자는 이 젊은이의 얼굴이 참으로 매력적이라고 말하기도 했다. 어떤 금욕주의 설교자는 데이빗을 보자, 그날 밤에 예정된 설교 내용 안에, 길가에서 정신을 잃고 취해 쓰러진 술꾼의 한 모습으로서 예를 들어 적어 넣었다. 그러나 어떤 비난이든 칭찬이든 또 조소든 무관심이든 데이빗에게는 모두가 마찬가지, 아니, 오히려 아무것도 아니었다.

　그가 잠든 지 불과 몇 분이 안 되어 한 대의 고동색 마차가 훌륭한 한 쌍의 말에 이끌려 경쾌하게 달려오다가 데이빗이 잠자는 근처에 거의 다다라 갑자기 멈추어 섰다. 바퀴의 굴대가 빠져나가 한쪽 바퀴가 미끄러져 나갔던 것이다. 파손은 극히 미약했기 때문에 마차를 타고 보스턴 시로 돌아가던 나이가 지긋한 상인 부부를 약간 놀라게 했을 따름이었다.

　마부와 하인이 바퀴를 수리하는 동안 따가운 햇살을 피해 단풍나무 그늘로 들어선 부부는, 거기에서 솟아오르는 샘물과 그 옆에 누워 잠들어 있는 데이빗을 발견했다. 아무리 하잘것없는 인간이라 하더라도 사람의 얼굴에서 발산하는 어떤 경이감으로 인해 가까이 접근하기를 꺼리는 법이어서, 이 상인 역시 그것을 느끼고 관절염으로 아픈 발을 될 수 있는 대로 사뿐사뿐 가볍게 걸었다. 그리고 그의 아내도 데이빗이 갑자기 놀라 깨어날까 봐 자기의 비단옷이 스치는 소리가 나지 않도록 주의했다.

　"잠이 곤하게도 들었구먼!"

　늙은 신사는 낮은 목소리로 속삭였다.

　"저렇게 깊이 잠들 수가 있다니! 수면제 없이도 저런 잠을 잘 수 있다면 내 전 수입의 반도 아깝지 않겠어. 몸이 건강하고 걱정이 없어야 저럴 수 있겠지."

　"게다가 젊으니까 그렇지요."

　부인이 말했다.

"몸이 건강하고 마음이 편안해도 늙은이는 저렇게 잘 잘 수는 없지요. 우리 같은 늙은이는 깨어 있을 때에도 젊은이만 못한 것처럼 잠잘 때에도 젊은이한테 비길 수가 없지요."

이 노부부는 보면 볼수록 점점 더 이 미지의 소년에게 마음이 끌렸다. 이 소년에게 이 길은 단풍나무 그늘이 마치 비단 장막을 드리워 어둠이 포근히 드리운 밀실과도 같았다. 나뭇잎 사이로 새어드는 빛줄기 한 가닥이 그의 얼굴 위에 비치는 것을 보고 부인은 나뭇가지 하나를 옆으로 비틀어 그 빛을 가려 주었다. 그리고 소박하지만 그런 상냥함을 베풀고 보니 부인은 자기가 이 소년의 어머니라도 된 것 같은 기분을 느꼈다.

"이 소년이 여기에서 잠자고 있는 것은 하나님의 뜻인 것 같아요."

부인은 남편을 향해서 속삭였다.

"조카에게 실망한 끝에 이 애를 발견하도록 하느님은 우리를 이 곳으로 인도해 주신 것 같아요. 어쩜 우리의 죽은 헨리와 닮은 것도 같고요. 저 애를 좀 깨워 볼까요?"

"어쩌려고?"

상인은 망설이면서 말했다.

"우리는 이 소년의 성품을 전혀 모르고 있잖소."

"어머, 저 환한 얼굴!"

부인은 여전히 고요한 목소리면서도 열의에 찬 목소리로 대답했다.

"천진하게 잠든 모습이라니!"

이런 속삭임이 오고가는 사이에도 잠자는 소년의 가슴은 두근거리지도 않았고 숨결이 급해 흥분되거나 얼굴에 어떤 다른 표정도 나타나지 않았다. 그러나 행운의 여신은 그의 몸 위로 허리를 굽히고 지금 황금 더미를 부어 주려 하고 있었다. 이 늙은 상인은 외아들을 잃어 버렸고, 그의 재산을 상속받을 유일한 사람이라고는 별로 달갑지 않은 일가친척밖에 없었다. 이런 경우에 사람은 가끔 요술쟁이보다도 기이한 행동을 하는 수가 있다. 그래서 빈곤한 가운데 잠자고 있는 소년에게 넘치는 축복을 선사하는 일도 있다.

"저 애를 깨우면 안 될까요?"

부인은 간절히 요구하듯이 되물었다.

"주인님, 마차 수리가 다 끝났습니다."

등뒤에서 하인이 말했다.

노부부는 깜짝 놀라서 얼굴을 붉히고, 우스꽝스러운 몽상을 했다는 사실에 서로가 의아해 하면서 황급히 길을 떠났다. 상인은 마차 의자에 깊숙이 몸을 기대고 앉아 불행한 노인 실업가들을 위해 당당한 양로원을 설립할 계획에 몰두했다. 그때까지도 데이빗은 계속 달콤한 낮잠에 빠져 있었다.

마차가 사라지고 얼마 후, 아름다운 소녀 하나가 춤추듯 경쾌한 걸음걸이로 다가왔다. 이 걸음걸이는 소녀의 작은 심장이 그의 가슴속에서 어떻게 고동치고 있는가를 똑바로 나타내는 것이었다. 아마도 이 발랄한 동작—그렇게 표현해도 나쁠 것은 없겠지만—이 그녀의 양말 리본을 풀리게 했을 것이다. 실크 리본—실크가 아닐지도 모르지만—이 풀어진 것을 알고 소녀는 길 옆 단풍나무 그늘에 들어갔다가 샘물가에서 잠자고 있는 젊은이를 발견했다. 신사의 침실에 침입했다는 것 때문에 얼굴이 장미꽃같이 빨개진 소녀는 발끝으로 걸어서 살그머니 도망가려 했다.

그 순간, 잠자는 젊은이의 신변에 절박한 위험이 닥쳤다. 괴물 같은 커다란 왕벌 한 마리가 얼굴 위에서 붕붕 소리를 내면서 떠돌고 있었던 것이다. 나뭇잎 사이를 날고 있는가 하면 새어드는 빛줄기 위를 번쩍거리며 날기도 하고, 그늘진 곳에 숨어 보이지 않다가 마침내 데이빗 눈두덩이 위에 내려앉으려는 순간이었다. 벌에 쏘여 어쩌면 생명에 위협을 받을 수도 있었다. 순진하면서도 활달한 성격을 가진 이 소녀는 재빠르게 손수건으로 이 침입자를 공격해서 단풍나무 그늘에서 쫓아 버렸다. 얼마나 아름다운 한 폭의 그림인가!

이 착한 소녀는 임무를 성취하고 나서 급해진 숨결과 한층 더 붉어진 얼굴로 미지의 그 젊은이를 곁눈질로 살짝 한번 바라보았다. 그를 위해 소녀는 공중을 날아가는 용과도 싸웠던 것이다.

"어쩜! 흠잡을 데 없이 잘생기기도 해라!"

소녀는 이렇게 생각하고 더한층 얼굴이 붉어졌다.

왜 데이빗으로 하여금 마음속에 행복의 꿈이 강하게 피어올라 그 자체의 힘으로 꿈을 깨뜨리고 나와 환영 속에서 그녀를 바라볼 수 있도록 하지 않았을까? 왜 그 소녀에 대한 환영의 표시로 적어도 그의 얼굴에 환한 미소만이라도 짓게 하지 않았을까?

옛날 아름다운 말에 의하면, 데이빗에게서 분리되어 나갔던 영혼의 소유자, 그래서 데이빗이 막연하지만 열렬히 갈망하는 바로 그 소녀가 찾아왔다. 그녀만이 그가 참되게 사랑할 수 있는 여인이며, 또 그녀에게 있어서는 그만을 가슴 깊이 받아들일 수 있는 것이다. 바로 그 소녀의 영상이 데이빗의 곁에 있는 샘물 가운데 희미하게 얼굴을 붉히고 있는 것이다. 이 그림자가 한번 사라져 버리면 그 행복의 빛은 그의 한평생 다시는 일어나지 않을 것이다.

"아, 깊이도 잠들었구나!"

소녀는 가만히 속삭였다. 그리고 그녀는 떠나갔다. 하지만 올 때와 같은 경쾌한 걸음걸이는 아니었다.

그런데 이 소녀의 아버지는 그 근처 마을의 부유한 시골 상인으로서 마침 그때 데이빗 같은 청년을 구하고 있는 중이었다. 만일 데이빗이 그 소녀와 서로 알게 되었더라면 그는 그녀 부친 상회의 점원이 되었을 것이고, 그렇게만 되었다면 그 외에 모든 것은 순조롭게 이루어졌을 것이다. 이 모양으로 여기에서도 행운—그중에서도 가장 최상의 것—은 데이빗에게 몰래 다가와서 그의 몸을 스쳐 갔지만 그는 그것을 전혀 알아차리지 못했다.

소녀의 모습이 시야에서 거의 사라져 갈 무렵, 두 사내가 단풍나무 그늘 아래로 들어섰다. 두 사람은 음흉한 얼굴인 데다가 비스듬하게 눌러 쓴 모자로 인해 더한층 험상궂게 느껴졌다. 그들이 입고 있는 옷은 낡았지만 어딘지 모르게 맵시가 있어 보였다. 이 사람들은 악마가 제공해 주는 것이면 무슨 일이든지 다 하는 이 인조 악당이었다. 그들은 지금 이 나무 그늘에서 트럼프를 쳐 다음 번 일의 몫을 나누기로 한 것이었다.

그러나 샘물가에서 잠들어 있는 데이빗을 발견하고 악당 중 키 작은 한 명이 키가 큰 그의 동료에게 속삭였다.

"저 머리에 베고 있는 보따리를 봐."

키가 큰 악당은 머리를 끄덕이고 힐끔 곁눈질을 했다.

"틀리면 브랜디 한잔 사기로 하지."

키 작은 악당이 말했다.

"저놈은 분명히 돈지갑이든지 상당히 많은 잔돈푼을 모아서 웃옷 어딘가 감추어 두었을 걸세. 또 거기에 없다면 분명히 바지 주머니쯤에 넣어 두었을 테지."

"그렇지만 깨어나면 어떻게 하지?"

키 큰 악당이 말했다.

키 작은 악당은 조끼를 한쪽으로 밀어젖히고 단검 자루를 가리키면서 머리를 끄덕였다.

"깰 테면 깨라지!"

키 작은 악당이 중얼거렸다.

그들은 이런 것을 꿈에도 모르고 있는 데이빗에게 가까이 다가가서 한 사람이 데이빗의 가슴에 단검을 들이대는 동안 다른 하나가 머리에 베고 있는 보따리를 뒤지기 시작했다. 그들의 두 얼굴은 무시무시하고, 주름살이 잡힌 데다가, 죄의식과 불안감 때문에 창백해진 채 자기네들의 희생자 위에 몸을 숙이고 있었는데, 만일 이때 데이빗이 갑자기 눈을 뜬다면 악마라고 오해할 정도로 끔찍하게 보였을 것이다. 아니, 만일 악당들이 시냇물을 들여다보았다면 자신들조차도 거기에 비친 모습이 본인의 얼굴이라고는 생각하지 못했을 것이다. 그러나 데이빗은 어머니의 품속에서 잠들어 있을 때보다도 더욱 평온한 얼굴로 잠들어 있었다.

"보따리를 빼내야겠는데."

키 큰 악당이 속삭였다.

"움직이기만 하면 찔러 버리겠어."

키 작은 악당이 중얼댔다.

그러나 그 순간, 개 한 마리가 땅에 코를 대고 냄새를 맡으면서 단풍나무 그늘로 들어와서는 악당들과 고요히 잠자는 데이빗을 번갈아 바라보았다. 그리고 이내 시냇가로 얼굴을 돌리고 흐르는 샘물을 핥아먹었다.

"쳇!"

키 작은 악당이 말했다.

“이제는 다 틀렸어, 저 개 주인이 틀림없이 바로 뒤따라 올 테니까 말이야.”

“한잔 마시고 떠나기로 하세.”

키 큰 악당이 말했다.

단검을 가진 자는 그 무기를 자기 품속에 쑤셔 넣고 가슴속에서 권총을 끄집어냈다. 그러나 그것은 사람을 죽이는 그런 총이 아니라 주석으로 된 잔을 병 주둥이에 나사 식으로 틀어막은 술병이었다. 각자가 한 모금씩 기분 좋게 마시고 그 장소를 떠나갔는데, 자신들이 이루지 못한 악행에 대해 연거푸 농담을 지껄이고 큰 소리로 웃으면서 가는 모습이 그들에게 매우 유쾌한 일이 있었다고 해도 과언이 아닐 정도였다.

몇 시간 지나지 않아 그들은 이런 일을 까맣게 잊어버린 채 인간의 모든 선악을 기록하는 천사가 영원 불멸의 글자로 그들의 영혼에 살인죄를 기록해 두었다는 것은 상상조차 하지 않았다. 데이빗은 아직도 고요하게 수면을 취하고 있어 죽음의 그림자가 그에게 덮였던 것도, 그 그림자가 물러갔을 때의 소생된 생명의 빛도 의식하지 못하고 있었다.

데이빗은 계속 잠자고 있었다. 그러나 이제는 처음같은 깊은 잠이 아니었다. 한 시간 동안의 휴식이 여러 시간 동안의 노고에 쌓였던 피로를 말끔히 씻어 주었던 것이다. 이제 그는 몸을 뒤척이기도 하고 또 꿈속에 나타나는 환영에게 중얼대기도 했다.

그런데 멀리에서 수레바퀴 소리가 점점 크게 길을 따라 울려와 데이빗의 엷어져 가는 잠의 안개 속으로 돌진해 들어왔다. 역마차가 왔던 것이다. 그는 정신이 번쩍 나서 일어났다.

"보세요! 한 사람 태워 주시겠소?"

그는 큰 소리로 외쳤다.

"위층에 자리가 있어요."

마부가 대답했다.

데이빗은 마차에 뛰어올라서 꿈처럼 느껴졌던 영고성쇠의 샘물에 석별의 인사조차 던지지 않은 채 보스턴 시를 향해 경쾌하게 달려갔다. 부의 환상이 샘물 수면에 황금빛을 던지던 것도, 사랑의 환상이 샘물 소리에 맞추어 부드럽게 한숨을 쉬던 것—주검의 환영이 그의 피로 샘물을 붉게 물들일 뻔했던 것—도 그가 잠든 단 한 시간 동안에 일어난 이 모든 것을 그는 알지 못했다.

자거나 깨어 있거나 우리들은 장차 일어나려는 이상한 일들의 가벼운 발자국 소리를 듣지 못하고 있는 것이다. 이 세상에는 눈에 보이지도 않고 기대할 수도 없는 사건이 항상 우리의 앞길을 가로질러 일어나는 반면, 비록 부분적으로나마 예견이 요구되는 규칙성이 있다는 것은 세상 모든 일에 신의 섭리가 존재한다는 사실을 입증하는 것이 아니겠는가?

목사의 검은 베일

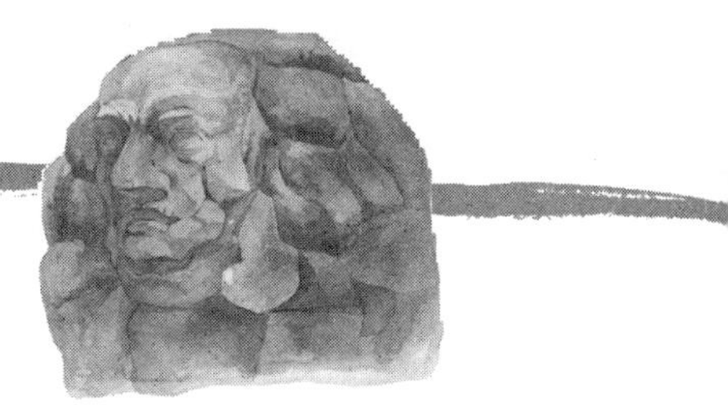

목사의 검은 베일

교회지기는 밀포드 교회 현관에 서서 종치는 줄을 힘차게 당기고 있었다. 마을 노인들은 구부정한 모습으로 큰길을 따라서 걸어오고 있었다. 아이들은 명랑한 얼굴로 부모 옆에서 경쾌한 발걸음으로 뛰는가 하면, 자신들이 입은 훌륭한 안식일 외출복의 위엄을 의식하고 어른들처럼 정중한 걸음걸이를 흉내내기도 했다. 멋지게 맵시를 낸 총각들은 아름다운 처녀들을 곁눈질했고, 안식일의 태양은 그런 처녀들을 여느 때보다도 훨씬 아름답게 비추어 준다고 생각했다.

군중들이 거의 다 예배당 현관으로 흘러 들어올 때쯤이면 교회지기는 후퍼 목사님 댁 현관문을 바라보며 종을 울리기 시작한다. 이 종소리는 목사가 현관에 모습을 나타내는 것을 신호로 멈추었다.

"그런데 후퍼 목사님의 얼굴에 무슨 일이 생긴 걸까?"

교회지기가 놀라서 외쳤다.

그 교회지기의 목소리를 들은 사람들이 모두 황급히 돌아보니 후퍼 목사와 비슷한 사람이 예배당을 향해서 깊은 생각에 잠긴 채 다가오는 것이 보였다. 만일 웬 낯선 목사가 와서 후퍼 목사가 앉는 의자의 방석을 털어 내고 있다고 해도 그 이상 놀라지는 못할 그런 놀라운 표정으로 사람들은 일제히 그를 바라보았다.

"저분이 틀림없이 우리 목사님인가?"

그레이 씨가 교회지기에게 물었다.

"틀림없이 후퍼 목사님인데요."

교회지기가 대답했다.

"목사님은 웨스트베리의 슈트 목사님과 바꾸어 설교하시기로 되어 있었는데, 슈트 목사님이 오늘 어떤 장례식 예배에 참석해야 하기 때문에 못 오게 된다는 통지를 어제 보내왔습지요."

교인들이 그렇게까지 놀란 이유는 사실 매우 사소한 것에서 시작되었다.

나이가 서른 살 가량 된 점잖은 인상의 후퍼 목사는 아직 독신이기는 하지만, 세심하고 자상한 부인이 있어서 깃에 풀을 먹여 주고 안식일 예복에 묻은 일주일 동안의 먼지를 털어 주기라도 한 듯이 목사다운 깨끗한 차림새를 줄곧 유지해 왔다.

그러나 오늘 그의 차림새에는 한 가지 놀라운 점이 있었다. 이마 전면을 가린, 그가 숨 쉴 때마다 가볍게 나풀거리는 검은 베일이 얼굴 위에 드리워져 있었던 것이다. 좀더 가까이 다가가서 보면 그 베일은 크레이프 천을 이중으로 접어 만든 것처럼 보였으며, 그것은 입과 턱을 제외한 얼굴 전체를 가리고 있었지만, 모든 생물과 무생물이 조금 검게 보이는 것 외에는 별로 그의 시야를 방해할 것 같지 않았다. 후퍼 목사는 전면에 이런 음울한 그늘을 드리우고 관념적인 사람들이 흔히 그렇게 하듯이, 약간 구부정한 모습에 땅을 내려다보면서 교회의 계단에서 자신을 기다리고 있는 그의 신도들에게 은은하게 인사를 하며 천천히, 그리고 조용한 걸음걸이로 걸어왔다.

그러나 그토록 충격적인 모습에 사람들은 그가 하는 인사에 답례를 보내는 것조차 잊어버릴 정도였다.

"저 크레이프 천 조각 뒤에 후퍼 목사님의 얼굴이 있으리라고는 정말 생각할 수 없군요."

교회지기가 말했다.

"에이, 흉측하기도 하지."

한 노파가 다리를 절룩거리며 예배당 안으로 들어서면서 중얼거렸다.

"단지 얼굴만을 가렸을 뿐인데도 목사님은 무시무시하게 변해 버리셨어!"

"우리 목사님은 미친 것 같아!"

그레이 씨가 목사를 뒤따라 문턱을 넘으면서 외쳤다.

이 믿기지 않는 현상에 대한 소문이 후퍼 목사보다 앞서 예배당 안으로 들어간 모든 사람들을 떠들썩하게 만들었다. 출입문 쪽으로 머리를 돌리지 않은 사람은 거의 없었다. 대부분의 사람들은 자리에서 일어나 정면으로 그곳을 바라보았다. 또 몇몇 아이들은 의자 위에 올라가 바라보고는 무섭다고 법석을 떨었다.

목사의 예배당 입장에 당연히 지켜져야 할 정숙한 분위기는 여자의 옷자락 스치는 소리, 남자들의 발을 끄는 소리 등으로 인해 전반적으로 소란했다. 그러나 후퍼 목사는 사람들이 떠들썩대는 것을 의식하지 못하는 것 같았다.

그는 거의 발자국 소리도 없이 들어와서 좌석의 양쪽을 향해서 가볍게 머리를 숙였고, 교인 중 가장 연장자인 백발 노인의 옆을 지나칠 때에는 허리를 굽혀 인사를 보냈다. 이 신앙심 깊은 노인이 목사의 모습에 무엇인가 이상한 데가 있다는 것을 그렇게 더디게 알아차렸다는 것은 매우 이상하게 보였다. 노인은 후퍼 목사가 계단으로 올라가 설교단 위에서 검은 베일을 사이에 두고 회중들과 얼굴을 마주할 때까지도 모든 사람들이 놀라고 있는 일을 눈치 채지 못한 것처럼 보였다. 여하튼 이 이상한 표식은 한 번도 벗겨지지 않았다.

그가 찬송가의 장수를 알려 줄 때에 베일은 그의 규칙적인 호흡에 따라서 흔들렸고, 그가 성경을 읽을 때에는 그것이 목사와 신성한 책장 사이에 어두운 그림자를 드리웠다. 그가 기도를 드릴 동안에 베일은 그의 위로 치켜든 얼굴 위에 무겁게 드리워져 있었다. 그는 자기가 기도를 드리고 있는 두려운 신으로부터 얼굴이 감춰지기를 바라는 것일까?

이 한 장의 천 조각이 불러일으킨 반응은 너무나 커서 이 때문에 다소 심장이 약한 부인들은 교회당 밖으로 나가지 않을 수 없었다. 그러나 목사의 검은 베일이 신도들에게 무섭게 비친 것과 마찬가지로 신도들의 창백한 얼굴은 목사에게도 무섭게 비추어졌음이 분명했다.

후퍼 목사는 훌륭한 설교자라는 명성을 얻고 있었지만 그다지 열정적인 설교자는 아니었다. 그는 자기의 신도들을 우뢰 같은 하나님의 말씀으로 천국에 몰아넣기보다는 부드럽게 사람을 설득하는 친화력으로 인도하려 애썼다. 그가 지금 한 설교도 평소에 그가 늘 써 오던 특징적인 말투와 태도를 취한 설교 중의 하나였다. 그러나 설교 그 자체의 감정에서인지 아니면 듣는 이들의 상상에 의해서인지는 잘 알 수 없지만 이날 설교에는 청중들이 지금까지 목사의 입에서 나온 말 중 가장 권위 있고 훌륭한 설교로 만드는 그 무엇이 있었다.

이 설교에는 후퍼 목사의 부드럽고 음울한 기질이 평소보다도 오히려 더욱 짙게 스며 있는 것 같았다. 그 설교의 주제는 감추어진 죄악, 즉 우리들이 가장 친근하고 가장 사랑하는 사람에게까지도 숨기려 하며, 또 전지전능한 주님께서 그 비밀을 간파하리라는 것도 망각한 채 될 수 있으면 우리 자신의 의식으로부터도 숨기려는 슬픈 비밀에 관한 것이었다.

그의 말 가운데는 어떤 미묘한 힘이 있었다. 회중들은 모두—천진한 소녀들이나 완고한 남자들까지도—가 이 목사가 무서운 베일을 쓰고 몰래 다가가 자기들의 행동과 마음에 숨겨 둔 죄과를 적발해 낼 것 같은 느낌이 들었다. 많은 사람들이 두 손을 마주 잡아 자기의 가슴에 얹었다. 후퍼 목사의 설교 안에는 그다지 무서운 것도 없었고, 극렬한 부분이라곤 하나도 없었다. 그럼에도 불구하고 회중들은 그의 애조 띤 목소리가 입술에서 흘러나올 때마다 몸을 떨었다. 청하지도 않은 비통함이 놀라움과 함께 손을 마주 잡고 찾아왔다.

회중들은 목사에게서 범상치 않은 어떤 기운을 강하게 느끼고, 비록 모습과 목소리는 후퍼 목사의 것이지만 분명히 낯선 사람의 얼굴이 나타날 것이라고 믿으면서 한 줄기 바람이라도 불어서 그 베일 속의 얼굴이 드러나기를 기대하고 있었다.

예배가 끝나자, 사람들은 입 밖에 내지 못하던 경이감을 다른 이들에게 말하고 싶은 심정에서, 또한 검은 베일이 시야에서 사라져 버린 순간 마음이 훨씬 가벼워지는 것을 느끼며, 체면도 잊고 야단법석을 떨며 급히 밖으로 나갔다.

어떤 사람들은 둥그렇게 둘러서서 수군대기도 했고, 어떤 이들은 조용히 홀로 생각에 잠긴 채 집으로 발걸음을 옮겼으며, 또 어떤 사람들은 일부러 큰 소리로 떠들어대며 안식일을 모독했다. 또한 몇몇 사람은 머리를 끄덕이며 자기들은 그 모든 비밀을 꿰뚫어 볼 수 있다는 것을 암시했고, 또 한두 사람은 이상한 것은 하나도 없으며, 단지 후퍼 목사의 시력이 램프 불빛 때문에 극히 약해져서 눈을 가릴 수밖에 없을 것이라고 단언했다.

얼마 안 되어 후퍼 목사도 신도들의 뒤를 따라 밖으로 나왔다. 베일을 쓴 그의 얼굴이 이 사람 저 사람을 둘러보면서 백발 노인에게는 그에 적당한 경의를 표하고, 중년층들에게는 그들의 친구로서 또 정신적 지도자로서의 온화한 품위를 잃지 않고 인사를 나누었으며, 젊은 사람들에게는 권위와 애정이 섞인 태도로 인사하고, 아이들의 머리에는 손을 얹어 축복했다. 이런 일은 안식일마다 그가 해 온 관습이었다. 하지만 오늘은 그의 이런 예의에 대해서 이상하다는 듯, 그리고 당황해 하며 답례를 했다.

예전과는 달리 아무도 목사 옆에 서서 걸어가는 영광을 바라는 사람도 없었다. 대지주인 늙은 선더스 씨는 후퍼 목사를 식사에 초대하는 것을 그만 잊어버렸다. 목사가 이 교회에 부임해 온 이래로 거의 매 주일마다 선더스 씨의 식사에 초대되어 그의 음식을 축복하는 것이 통례처럼 되어 있었다. 후퍼 목사가 초대를 받지 못한 채 목사관으로 들어가 문을 닫으려는 순간, 그는 모든 신도들의 눈이 자신을 응시하고 있음을 알고 그들을 돌아보았다. 쓸쓸한 미소가 검은 베일 밑으로부터 희미하게 비쳐 나와 그의 입가에서 어른거렸다. 그리고는 잠시 후, 그의 모습이 미소와 함께 문 뒤로 사라졌다.

"참 이상해요."

한 부인이 말했다.

"어떤 여자든지 모자에 걸 수 있는 평범한 한 조각의 검은 베일이 후퍼 목사님의 얼굴에서는 저렇게도 무섭게 보이다니 말이에요!"

"아무리 생각해도 후퍼 목사님의 머리가 이상해진 게 틀림없어."

여자의 남편인 마을의 의사가 말했다.

"그러나 가장 이상한 건 이 망령된 것이 나처럼 마음이 침착한 사람한테도 영향을 미친다는 점이오. 그 검은 베일은 단지 목사님의 얼굴만 덮었을 뿐인데, 그의 몸 전체를 마치 유령처럼 만들어 버렸거든. 당신은 그렇게 느끼지 않소?"

"정말 그래요."

부인이 대답했다.

"나는 어떤 일이 일어난다고 하더라도 저 분하고 단둘이만 있을 수는 없을 것 같아요. 목사님도 자기 혼자만 있는 것이 무섭지 않을까요?"

"남자들도 때로는 그런 생각이 들 때가 있지."

남편이 말했다.

오후 예배도 거의 비슷한 상황이었다. 예배가 끝났을 무렵 어떤 젊은 처녀의 장례식을 알리는 종이 울렸다. 친척과 친구들은 집 안에 모였고, 먼 친지들은 출입문 근처에 모여 고인의 좋은 성품에 대해서 서로 이야기를 주고받고 있었다. 그때 후퍼 목사가 여전히 검은 베일로 얼굴을 가린 채 나타났기 때문에 그들의 이야기는 중단되었다. 그 베일은 지금 이 장소에서는 아주 잘 어울리는 하나의 상징과도 같았다.

목사는 시신이 안치되어 있는 방으로 들어가서 관 위에 허리를 굽히고 고인이 된 그 신도에게 마지막 작별을 고했다. 그가 허리를 굽혔을 때, 베일은 그의 이마로부터 수직으로 드리워져서, 만일 그 죽은 처녀의 눈꺼풀이 영원히 닫히지만 않았더라면 목사의 얼굴을 볼 수 있었을 것이었다. 후퍼 목사는 급히 베일을 잡아당겼다. 그는 그 여자의 시선이 두려웠던 것일까? 그렇게 산 사람과 죽은 사람의 대면을 바라본 어떤 이는, 목사의 얼굴이 드러났을 때 비록 시신의 얼굴은 평정을 유지하고 있기는 했지만 분명히 수의와 모슬린 모자가 바스락거리면서 시체가 가볍게 몸서리를 쳤다고 단언하듯 이야기했다. 미신적인 노파 한 사람밖에 이 괴상한 광경을 증언해 줄 사람은 없었다.

후퍼 목사는 장례식 기도를 올리기 위해 관이 있는 곳을 떠나 장례식에 참석한 사람들이 모여 있는 방을 가로질러 계단 위쪽으로 올라갔다. 그의 기도는 다정하고 듣는 이의 마음이 녹아드는 내용이었으며, 슬픔이 넘치면서도 깨끗하고 조용한 천국의 희망이 깃들어 있었기 때문에 죽은 사람의 손가락으로 타는 천국의 음악 소리가 목사의 애절한 목소리 중간 중간에 섞여 희미하게 들리는 것 같았다.

목사가 그곳에 모인 사람들과 자신, 그리고 모든 인류는 이 젊은 처녀가 그랬듯이 자신들의 얼굴로부터 베일이 벗겨질 그 무서운 임종의 시간에 대비해서 준비해 두라는 기도를 했을 때 사람들은 목사의 말을 완전히 이해하지는 못했지만 어느 누구나 전율을 느끼고 있었다.

시신이 잠든 관을 옮기는 사람들은 무거운 발걸음으로 앞서 나아가고 조문객들은 온 거리를 슬픔으로 가득 메우면서 검은 베일을 쓴 후퍼 목사를 뒤따라갔다.

"왜 뒤를 돌아보는 거지?"

행렬을 따르던 한 사람이 그의 아내에게 말했다.

"목사님과 처녀의 혼이 손을 마주잡고 걸어가는 것만 같아서요."

부인이 대답했다.

"나도 역시 지금 그런 생각을 하고 있었는데……."

남편은 부인의 말에 맞장구를 치며 말끝을 흐렸다.

그날 밤, 밀포드 마을에서 가장 아름다운 남녀 한 쌍이 결혼식을 올리기로 되어 있었다. 후퍼 목사는 으레 우울한 사람이라고 치부되고 있었지만, 결혼식 같은 경우에는 잔잔하기는 해도 유쾌함을 발휘하기도 해 그것이 때로는 쾌활한 웃음과는 다른, 호감을 주는 미소를 자아내게 했다. 그의 성격 가운데서 이것만큼 그를 사랑스럽게 하는 것은 없었다. 결혼식에 모인 사람들은 그날 하루 종일 그에게 집중되었던 그 이상한 공포가 이제는 사라졌으리라 믿고 목사가 오기를 고대하고 있었다. 그러나 그 기대는 빗나가고 말았다.

후퍼 목사가 도착하자 우선 사람들의 시선은 낮에 지낸 장례식에는 제법 어울렸을지 모르지만, 지금 이 결혼식에서는 불길한 징조 이외에 아무런 도움이 되지 않는 그 검은 베일에 집중되었다. 그것은 마치 한 뭉치의 구름이 그 검은 베일 밑으로부터 음산하게 솟아 촛불 빛을 어둡게 가리는 듯했다. 신랑 신부가 목사 앞에 섰다. 신부의 싸늘한 손가락은 신랑의 떨리는 손 안에서 떨고 있었으며, 신부의 얼굴은 마치 주검처럼 창백했기 때문에 몇 시간 전에 땅에 묻힌 그 처녀가 결혼하려고 무덤 속에서 나온 것이 아닌가 하는 속삭임까지 일어날 정도였다. 만일 이렇게 음산한 결혼식이 또 있었다면 그것은 혼례식 날에 조종을 울린 그 유명한 결혼식뿐이었을 것이다.

식이 끝난 후에 후퍼 목사는 난로가에서 비치는 유쾌한 불빛처

럼 손님들의 얼굴을 환하게 해주는 온화하고 쾌활한 말투로 포도
주 한 잔을 입 가까이에 대고 신혼 부부의 행복을 빌었다. 그 순간
목사는 거울을 통해 자신의 모습을 흘끗 보게 되었고, 그것은 다른
모든 사람들을 압도한 그 공포 가운데로 목사 자신의 영혼마저 휩
쓸어 갔다. 그의 몸은 떨렸고, 그의 입술은 창백해졌으며, 아직 맛
도 보지 않은 포도주를 양탄자 위에 떨어뜨리고는 어둠 속으로 뛰
어나가 버렸다. 목사의 행동을 따르듯 대지 역시 검은 베일을 드리
우고 있었다.

그 다음날, 밀포드 마을은 온통 후퍼 목사의 검은 베일 이야기로
야단들이었다. 그 검은 베일과 그 배후에 숨겨진 비밀이 거리에서
만나는 사람들 사이에, 그리고 열려진 창 너머로 잡담하는 부인들
에게는 제법 큼직한 수다 거리를 제공하고 있었다. 선술집 주인이
손님에게 전하는 가장 첫 번째 뉴스도 바로 그것이었다. 아이들은
학교로 가는 도중에 이것을 화제 삼아 재잘거렸다. 흉내내기를 즐
기는 장난꾸러기 아이는 낡은 검은 손수건으로 얼굴을 가리고 친
구들을 놀라게 하다가 도리어 자신 역시 공포에 사로잡혀 실신하
기도 했다.

이상한 일은, 이 교구에 사는 남의 일에 참견하기 좋아하는 부인
들이나 당돌한 사람들 누구 하나 후퍼 목사에게 무엇 때문에 그런
행동을 하는지 솔직하게 물어 보려는 사람이 없었다는 사실이다.
이제껏 그와 같은 간섭이 조금이라도 필요하다고 생각될 때는 언

제든지 목사에게 충고해 왔고, 목사 자신도 충고하는 사람들의 목소리를 진심으로 받아들였다. 만일 그에게 잘못이 있다면 그것은 가엾을 정도의 불신에 의한 것이었다. 그렇기 때문에 그는 아무리 가벼운 비난이라도 그것을 대수롭지 않게 치부해 버리는 것을 죄악시했다.

그러나 목사의 이런 심약한 성격을 너무나 잘 알면서도 그 검은 베일에 관한 것만은 그의 교구 내의 사람들 가운데 어느 한 사람 자진해서 충고하려는 사람이 없었다. 사람들 각자의 마음속에는 솔직하게 고백하지도 않고, 또 조심스럽게 숨겨 두지도 않은 어떤 공포감이 있어서, 그 때문에 모두들 서로 다른 사람에게 책임을 전가했지만, 마침내 사람들은 후퍼 목사의 비밀이 추문으로 번지기 전에 성도 대표를 목사에게 보내는 것이 좋겠다는 결론을 내렸다. 그 대표들은 지금껏 그런 사명을 제대로 수행하지 못했던 적이 없었다.

목사는 우호적인 태도로 그들을 맞아들였지만 그들이 자리에 앉은 뒤에는 줄곧 침묵은 지킴으로써 그들의 중대한 임무를 꺼내는 모든 책임을 방문자들 스스로에게 맡겨 버렸다.

상상할 수 있을 테지만 그들의 화제란 것은 극히 명백한 것이었다. 검은 베일은 후퍼 목사의 이마에 둘러 감겨져 있어서 그의 단아한 입 위의 모든 얼굴 모습을 전부 가리고 있었기 때문에, 때때로 그 입가에 우울한 미소가 어른거리는 것만을 그들은 볼 수 있었다. 그러나 위원들의 상상에는 그 크레이프 천 조각이 목사와 자기들의 중간에 놓인 무서운 비밀의 상징으로서, 마치 목사의 심장 앞에 드리워져 있는 것같이 생각되었다. 만일 그 베일이 옆으로 젖혀져만 있었어도 그것에 대해서 자유롭게 말할 수도 있었을 것이다. 그러나 베일은 그대로 있었다. 결국 그들은 상당히 오랜 시간을 말없이, 당황한 채로, 후퍼 목사의 시야로부터 불안하게 몸을 움츠리고 앉아 있었다. 그들은 후퍼 목사가 보이지 않는 눈초리로 그들을 응시하고 있다고만 여겨졌다.

마침내 대표 위원들은 이 문제는 자신들이 처리하기에는 너무도 중대한 문제라서 전체 종교 회의까지는 그저 교회 회의에 맡길 수밖에 없다고 생각하면서 그들을 뽑아 준 사람들에게로 되돌아갔다.

그러나 그 마을에는 그 검은 베일에 대해 모든 사람이 갖는 온갖 소란한 놀라움으로부터 초연한 여자가 한 사람 있었다. 대표자들이 아무 설명도 하지 못하고, 또 설명을 들어 보지도 못하고 돌아왔을 때, 그 여자는 선천적인 침착함을 바탕으로 점점 더욱 짙게 자리잡혀 가는 후퍼 목사 주위의 이상한 그을음을 거두어 버리기로 결심했다.

그 여자는 후퍼 목사의 약혼녀로서, 그 검은 베일에 숨기고 있는 비밀을 알 당연한 권리를 가지고 있었다. 그러므로 목사가 처음 방문했을 때에 그 여자는 목사를 위해서, 또 자신을 위해서도 단도직

입적인 태도로 그 문제를 끄집어냈다. 목사가 자리를 잡고 앉자 여자는 베일에서 눈을 옮기지 않고 주시했지만 많은 사람들을 그렇게도 놀라게 한 그 무서운 음영은 전혀 느낄 수가 없었다. 그것은 단지 두 겹으로 된 크레이프 천 조각일 뿐이었다.

"당신은 내가 무섭지 않소?"

후퍼 목사가 물었다.

"아니요."

여자는 미소지으며 큰 소리로 말했다.

"제가 언제나 기쁘게 바라보던 얼굴을 감추고 있다는 것 외에는 이 크레이프 천 조각에는 아무것도 무서운 데가 없는걸요. 자, 목사님 구름 뒤에서 태양이 비치도록 해주세요. 우선 검은 베일을 걷어 버리시고, 그리고는 왜 그것을 달고 계신지 그 이유를 말씀해 주세요."

후퍼 목사에게서 약간의 미소가 스쳤다.

"우리들 모두가 자신의 베일을 벗을 때가 반드시 올 것이요."

목사는 이렇게 말했다.

"내가 그때까지 이 베일을 쓴다 하더라도 언짢게 생각하지 말아 주오."

"수수께끼 같은 말씀을 하시는군요."

여자가 대답했다.

"적어도 당신의 그 말씀만이라도 베일을 벗겨 버리세요."

"엘리자베스."

목사가 입을 열었다.

"내 약속이 허락하는 한에서는 그렇게 해 보도록 하겠소. 그러나 이 베일은 하나의 표상이요. 또한 상징이며, 나는 이것을 밝은 데서나 어두운 데서나, 혼자 있을 때에나 군중들의 앞에서나, 낯선 사람들 앞에서나 친숙한 사람들과 함께 있을 때에나 언제든지 쓰고 있어야 된다는 것을 알아주시오. 이 세상 어떤 눈으로도 이것을 벗은 것을 볼 수는 없을 거요. 이 음울한 베일이 세상으로부터 나를 분리시키지 않으면 안 되오. 엘리자베스, 당신 역시 이 베일 안으로 들어올 수는 없을 것이오!"

"어떤 슬픈 불행이 당신에게 생긴 건가요?"

여자는 진지하게 물었다.

"그토록 영원히 눈을 가리고 있어야 한다니……."

"만일 이 베일이 애도의 표시가 되는 것이라면, 내게도 대다수의 사람들과 마찬가지로 검은 베일로써 상징할 만큼의 암담한 슬픔을 가지고 있는 거라고 이해해 주시오."

"그렇지만 세상 사람들이 그것이 순수한 슬픔의 표상이라는 것을 믿어 주지 않는다면?"

엘리자베스는 다그쳐 물었다.

"아무리 당신이 사람들의 사랑과 존경을 받는다고 하더라도, 당신이 은밀한 죄악으로 인해 가책을 받아 얼굴을 가리고 있는 것이라는 소문이 떠돌지도 모르는 일이에요. 당신의 신성한 직책을 위해서 이 추문을 수습해야 해요."

벌써 마을에 퍼져 있는 소문이 어떻다는 것을 넌지시 가르쳐 줄 때에 여자의 두 뺨은 달아올랐다. 그러나 후퍼 목사는 온화한 태도를 잃지 않았다. 그는 미소를 짓기까지 했다. 베일 속의 어두운 곳으로부터 흘러나와 촛불처럼 희미하게 어른거리는 예의 그 쓸쓸한 미소였지만.

"만일 내가 슬픔 때문에 얼굴을 가린다면 거기에는 충분한 이유가 있소."

목사는 그저 그렇게만 대답했다.

"그리고 만일 내가 은밀한 죄악 때문에 얼굴을 가린다면 모두가 베일로 얼굴을 가려야 할 것이오."

그토록 부드러우면서도 억압할 수 없는 완강한 태도로 그는 그녀의 모든 간청을 물리쳤다. 엘리자베스는 말없이 앉아 있었다. 그녀는 잠시 생각에 잠겨 있는 듯했다. 아마도 그녀는 그토록 암담한 망상으로부터 자기의 애인을 다시 끌어내기 위해서 어떤 새로운 방법을 모색하는 듯했다.

그의 망상이 정말 다른 의미가 없다면 정신병의 징후라고 생각할 수밖에 없었다. 목사보다도 더욱 강인한 성격을 가진 그녀였지만 눈물이 두 뺨으로 흘러내렸다. 그러나 갑자기 슬픔을 넘어선 새로운 감정이 일어났다. 그녀의 눈동자는 넋을 잃고 그 베일을 응시하고 있었는데, 그때 갑자기 검은 그림자에 휩싸이듯 검을 베일에 대한 공포감이 그녀를 에워쌌다. 그녀는 일어나 전율에 떨면서 목사 앞에 서 있었다.

"당신도 그것을 느꼈소?"

목사는 비통한 표정으로 물었다.

그녀는 아무 대답도 없이 두 손으로 눈을 가리고 몸을 돌이켜 그 방을 떠나려고 했다. 목사는 급히 일어나서 그녀의 팔을 붙잡았다.

"엘리자베스, 인내를 가지고 나를 대해 주오!"

그는 열정적으로 외쳤다.

"비록 이 베일이 이 세상에서 우리 둘의 사이에 존재해야 한다고 하더라도 나를 버리지 말아 주오. 저 세상에서는 나의 얼굴에 베일 같은 것은 없을 것이고, 우리의 영혼 사이에는 아무런 어둠도 없을 것이오! 나의 아내가 되어 주오! 이것은 단지 현세에서의 베일일 뿐 영원한 것은 아니라오! 아아, 이 검은 베일 뒤에 나 혼자 있다는 것이 얼마나 쓸쓸하고 무서운지 당신은 알지 못하오. 이 비참한 암흑 속에 나를 영원히 버려 두지 말아 주오!"

"제발 한 번만 베일을 거두고 내 얼굴을 바라보세요."

그녀가 말했다.

"아니! 그럴 수는 없소!"

후퍼 목사가 대답했다.

"그렇다면……."

그녀는 목사에게 잡힌 팔을 뿌리쳐 버리고 천천히 걸어 나오다가 문 앞에서 걸음을 멈추고 검은 베일의 비밀을 꿰뚫어 보려는 듯 한참 동안 목사를 바라보았다. 후퍼 목사는 베일이 암시하는 공포가 사랑하는 연인들 사이에 그림자를 드리울 수밖에 없다는 비통함 가운데서도 단지 물질적 상징에 지나지 않는 이 검은 베일이 자신을 행복과 분리시켜 놓는다는 것을 생각하고는 쓸쓸한 미소를 지었다.

그때 이후로, 후퍼 목사의 검은 베일을 제거하려고 시도한다든가, 또는 직접 그에게 호소해서 베일에 숨겨진 비밀을 알아내려고 하는 일은 없어졌다. 대중적인 편견으로부터는 벗어났노라고 스스로 주장하는 사람들에게 베일은 단지 상식을 떠난 망상에 불과한 것으로 이성적인 사람들의 진지한 행동에 가끔 섞여서 그 행동 전부를 망상 그 자체의 광기 같은 빛으로 물들이는 그런 종류의 것이라고 인정했다. 그러나 대중에게 후퍼 목사는 어쩔 수 없이 공포의 대상이 되어 버렸다. 그는 평안한 마음으로는 거리를 걸어 다닐 수 없게 되었다.

온순하고 소심한 사람들은 목사를 피해서 옆으로 비켜 갔으며, 또 다른 사람들은 목사가 가는 길에 스스로 뛰어드는 것을 담력의 척도로 삼았는데, 그런 사실을 목사 자신도 잘 알고 있었다. 이 후자에 속하는 사람들의 무례함 때문에 그는 해질 무렵 습관적으로 묘지에 가는 산책을 중단할 수밖에 없었다. 그가 묵묵히 생각에 잠겨서 묘지 문에 어깨를 기대고 서 있을 때면 언제든지 묘비 뒤에서 그의 검은 베일을 엿보고 있는 얼굴들이 있었기 때문이다. 죽은 자들의 눈초리가 목사를 묘지로부터 쫓아냈다는 황당한 소문이 떠돌았다.

그의 우울한 모습이 멀리에서 보이기 시작하면 아이들은 그때까지 즐겁게 놀던 것도 그만두었고, 이처럼 자신을 피해 도망치는 아이들을 보며 후퍼 목사의 부드러운 마음은 깊은 상처를 입었다. 더욱이 아이들의 본능적인 공포는 그로 하여금 어떤 초자연적인 공포가 이 검은 크레이프 천에 올올이 엮여 있다는 것을 더욱 강하게 느끼게 했다.

사실 이 베일에 대한 목사 자신의 증오감은 대단한 것으로 알려져 있었는데, 결코 거울 앞을 지나가려 하지 않았으며, 또 고요한 수면에 비치는 자기의 그림자에 스스로 놀랄까 두려워 잔잔한 샘물에 허리를 굽혀 물조차 마시지 않을 정도라는 것이었다. 이 사실은, 후퍼 목사의 양심이 전적으로 감추어 버리기에도, 그렇다고 그런 막연한 암시 이상의 어떤 수단을 쓰기에도 너무나 무서운 큰 죄악 때문에 스스로를 괴롭히고 있다는 소문에 제법 확실한 근거를 제공했다.

결국 검은 베일의 밑으로부터 죄악인지 슬픔인지 분별할 수 없는 한 무리의 구름이 흘러 나와 그것이 이 가엾은 목사를 감싸 버렸기 때문에 사랑도 동정도 그에게 닿을 수가 없었다. 떠도는 이야기에 의하면 유령과 악마가 베일 뒤에서 그와 함께 사귀고 있다는 것이었다. 자기 자신에 대한 전율과 외적인 공포심을 마음속에 지니고 목사는 자신의 영혼 내부에서 암중모색을 하거나, 또는 온 세상을 슬프게 만든 매개물을 통해 세상을 바라보며 항상 베일의 그늘 속에서 걸어 다녔다는 것이다.

사람들은 제멋대로 부는 바람마저도 그의 무서운 비밀을 두려워해서 그 베일을 나부끼게 한 적이 한 번도 없다고 믿었다. 그러나 후퍼 목사는 지금도 여전히 자신이 옆을 지나갈 때면 창백해지는 세상 사람들의 모습을 보고 슬프기 이를 데 없는 미소를 지을 뿐이었다.

그러나 이 모든 나쁜 영향 가운데서도 그 검은 베일은 한 가지의 훌륭한 힘을 가지고 있었다. 그것은 베일을 쓰고 있는 사람을 극히 권위 있는 목사로 만들어 주었다는 것이다. 베일이라는 신비한 상징물의 도움—왜냐하면 그 외에 다른 명백한 원인은 없었으니까—으로 목사는 죄악 때문에 고민하고 있는 영혼들에 대해서는 무서운 영향력을 가진 사람이 되었다.

그의 힘으로 개심(改心)한 사람들은 그가 자신들을 천국의 광명으로 인도해 주기 전까지는 자기들도 목사와 마찬가지로 검을 베일 뒤에 있었노라고 암시적으로 말하면서 독특한 두려움을 가지고 목사를 대했다. 사실 베일의 음울함은 목사로 하여금 모든 어두운 마음들과 공감대를 맺을 수 있도록 해주었다.

죽어 가는 죄인들은 소리를 높여 후퍼 목사를 부르다가 그가 나타나서야 비로소 숨을 거두었다. 그러면서도 목사가 위안의 말을 건네기 위해서 허리를 굽힐 때면 그들은 얼굴 가까이 다가온 베일 쓴 그의 모습을 보고 몸에 소름이 돋아 오름을 느꼈다. 아마 죽음의 신이 모습을 나타낸다면 이런 느낌이 들 것이라!

다른 지역의 사람들이 멀리로부터 목사의 얼굴은 볼 수 없지만은 그의 형체라도 바라볼까 하는 막연한 바람을 가지고 그 교회에 찾아오기도 했다. 그러나 많은 사람들이 교회 문을 들어서기 전에 몸을 덜덜 떨곤 했다.

한번은 벨처 지사가 집정하던 시기에 후퍼 목사는 선거 설교를 하도록 지명되었었다. 검은 베일로 얼굴을 가린 채로 그는 지사와 지방의회 대의원들 앞에 서서 깊은 감동을 준 설교를 했기 때문에, 그 해의 입법안은 옛날 조상들이 통치하던 시대와 같이 음울하고 경건한 분위기를 띠었다.

이렇게 후퍼 목사는 외양적인 행동에는 비난받을 점이 없으면서도 어두운 의혹에 덮인 채 긴 생애를 보냈다. 그는 비록 사람들로부터 사랑을 받지 못하고, 오히려 막연한 공포의 대상으로 존재했음에도 사람들에게 친절하고 애정이 많았으며, 건강하고 기쁜 일에는 소외되었지만 괴로움을 겪는 사람들에게는 언제나 기꺼이 그 부름에 응했다.

세월이 흘러 그의 검은 베일 위에도 연륜이 쌓이게 되었을 무렵,

그는 뉴잉글랜드 전역의 모든 교회에 걸쳐 유명 인사가 되었으며, 사람들은 그를 후퍼 교부라고 부르기 시작했다. 그가 부임할 당시에 장년이던 교구민 중 대부분이 그동안 여러 차례의 장례식을 치르며 무덤으로 들어갔다. 그는 교회당 안에도 회중을 가지고 있었을 뿐 아니라, 교회 묘지에 더욱 많은 회중을 가지고 있었다. 그는 그토록 늙을 때까지 자신의 임무를 훌륭히 수행해 왔다. 이제 시간이 흘러 그가 안식을 취해야 할 차례가 다가왔다.

이 늙은 목사가 임종을 앞둔 방의 희미한 촛불 아래, 몇몇 사람들의 모습이 보였다. 그에게는 친척이라고는 없었다. 그러나 거기에는 구제할 수 없는 환자의 마지막 고통만이라도 덜어 주기 위한 방법을 생각하면서 의사 한 사람이 아주 엄숙한 표정으로 단정하게 앉아 있었다. 또한 교회의 집사들과 신앙심이 깊은 신자들이 자리 한 켠을 차지하고 있었으며, 임종의 기도를 드리기 위해 말을 타고 급히 달려온 젊고 열정적인 웨스트베리의 클라크 목사도 있었다.

그리고 간호원이 한 사람 있었는데, 그녀는 임종을 위해 고용한 하녀가 아니라 이토록 늙은 나이가 되도록, 아니 임종하는 그 시간까지도 그에 대한 고요한 애정을 간직한 사람이었다. 이 사람은 바로 예전의 약혼녀 엘리자베스, 바로 그녀였다.

후퍼 교부의 백발로 덮인 머리에는 임종의 순간까지 그 검은 베일이 드리워져 있어서 미약한 그의 숨결이 점점 더 괴롭게 허덕일 때마다 가볍게 흔들렸다. 일생 동안 그 크레이프 천 조각은 그와 세상 사이에 가로놓여 있어서 그를 밝은 동포애와 여인들의 사랑으로부터 분리시켜 모든 감옥 가운데서도 가장 슬픈 그 자신의 마음이라는 감옥 속에 그를 감금해 두었다. 그리고 아직도 그의 얼굴을 덮고 있는 검은 베일은 어두운 그의 방을 한층 더 음울하게 해서, 햇빛으로부터 영원히 그를 차단하고 있는 것 같았다.

얼마 전까지만 해도 그의 마음은 혼란스럽게 과거와 현재 사이에서 하염없이 헤매기도 하고, 이따금 다가오는 미래의 세계를 향해 서성거리며 나아가기도 했다. 열기에 들떠서 나아가는 도중, 이 모퉁이 저 모퉁이에 부딪쳐 그는 얼마 남지 않은 기력마저 탕진해 버렸다. 그가 가장 격렬한 사투에 빠져 있을 때나, 자신의 이성이 심한 광란으로 인해 다른 어떤 의도도 도저히 그 냉정함을 유지할 수 없을 때조차 그는 여전히 검은 베일이 미끄러져 나갈까 몹시 두려워하는 기색을 보였다. 비록 그의 어지러운 정신이 그것을 잊어버린다 하더라도 그의 머리맡에 있는, 이제는 백발이 된 그의 충실한 여인이 시선을 돌린 채 그녀의 기억 속에만 존재하는 그의 젊의 날의 얼굴이 아닌, 늙고 지친 노인의 얼굴을 부드럽게 가려 주었을 것이다.

마침내 임종의 순간이 다다른 목사는, 정신적으로나 육체적으로나 기진맥진한 채 마비 상태에 빠져 고요히 누워 있었다. 맥박은 느낄 수 없었고, 다만 길고 깊이 불규칙하게 들이마시는 숨결이 그의 혼이 이제 다했음을 알리는 전주곡을 연주하듯 한 번씩 격하게 요동칠 때 이외에는 그의 호흡은 아주 미약했다.

웨스트베리의 목사는 침대 곁으로 가까이 다가갔다.

"존경하는 후퍼 교부님."

그가 말했다.

"해방의 순간이 가까이 왔습니다. 영원을 차단하여 시간을 거두어 두는 그 베일을 거두어 올리실 준비는 되셨나요?"

후퍼 목사는 처음에는 머리를 겨우 흔들어 대답했다. 그러다가, 아마 자신의 의도가 잘못 전달될 것을 염려했는지 뭐라고 말하려고 애썼다.

"내 영혼은 그 베일이 거두어질 때를 고대하고 있습니다."

클라크 목사는 계속 말을 이었다.

"기도에 몸을 바치고 행실과 생각이 거룩해서 인간의 판단이 미치는 한 흠잡을 데 없이 모든 사람들의 모범이 되는 분으로서, 그리고 교회 안에서는 교부로까지 추앙받는 이로서 그 순결한 일생을 암흑으로 뒤덮은 어두운 그림자를 남겨 놓는다는 것을 합당한 일이라고 할 수 있겠습니까? 경애하는 형제시여! 부탁하노니, 그런 일이 없도록 해주십시오! 보상을 받기 위해서 떠나시는 지금, 당신이 승리하는 모습을 통해 저희들이 기뻐하게 해주십시오. 영원히 막이 내리기 전에 당신의 얼굴에서 이 검은 베일을 벗기게 해주십시오!"

이렇게 말하면서 클라크 목사는 그 오랜 세월의 비밀을 벗기려고 몸을 앞으로 굽혔다. 그러나 후퍼 목사가 갑자기 믿을 수 없을 만큼의 힘으로 이불 밑으로부터 두 손을 불쑥 내밀어, 검은 베일 위에 두 손을 굳세게 누르는 바람에 주위 사람들은 너나 할 것 없이 경악했다.

"안 돼!"

베일을 가린 목사는 외쳤다.

"절대로 안 되네!"

"참 알 수 없는 노인이로군!"

놀란 목사가 외쳤다.

"당신은 지금 영혼에 어떤 무서운 죄악을 짊어지고 최후의 심판에 나서려고 하십니까?"

후퍼 목사의 숨결은 가쁘게 허덕이고 목구멍에서는 가랑가랑하는 소리가 났다. 그러나 그는 놀라운 힘으로 두 손을 앞으로 내뻗쳐 생명을 부둥켜안고 목숨을 부지하면서 꼭 해야 할 말을 하려고 애썼다.

그는 침대에서 몸을 일으키기까지 했다. 자신을 에워싼 죽음의 팔에 안겨 몸을 떨면서 앉아 있는 동안에도 검은 베일은 마지막으로 필생의 모든 공포를 압축한 듯 무섭게 드리워져 있었다. 그러면서도 과거에 자주 나타나던 그 희미하고 쓸쓸한 미소는, 지금도 베일의 어둠 속에서부터 어른거리면서 후퍼 목사의 입술 위에 떨리

고 있었다.

"여러분은 왜 나만 보면 벌벌 떠십니까?"

그는 자기를 에워싸고 있는 창백한 얼굴의 주위 사람들을 검은 베일을 통해 돌아보면서 외쳤다.

"여러분! 당신들도 서로를 마주보면서 벌벌 떨어 보시오! 남자들이 나를 피하고, 여자들은 아무런 동정도 보여 주지 않았으며, 아이들이 소리 지르면서 도망을 쳤던 것은 오로지 이 검은 베일 때문이란 말인가요? 이 베일이 막연하게 상징하는 비밀이 아니라면 무엇이 이 크레이프 천 조각을 그렇게도 무섭게 했을까요? 친구는 자신의 친구에게, 애인은 가장 사랑하는 이에게 자기의 깊은 속마음을 숨김없이 보여 줄 때에, 그리고 인간이 자기 죄악의 비밀을 감추어 두고 쓸데없이 창조주의 눈을 피하려 하지 않을 때에 그때서야 비로소 죽어 가는 나를 괴물이라고 생각하도록 하십시오. 자, 보십시오! 나를 둘러싸고 있는 당신들의 얼굴 위에도 검은 베일이 있음을 봅니다!"

듣고 있던 모든 사람들이 서로 놀라서 저마다 몸을 움츠리는 사이에 후퍼 목사는 입술에 희미한 미소를 띤 채로 베일을 쓴 시체가 되어 베개 위에 쓰러지고 말았다. 그들은 베일을 쓴 채로 그를 관 속에 뉘였고 무덤으로 운반해 갔다. 그 뒤로 여러 해, 그 무덤 위에서는 잔디가 자라나서 시들었고, 묘석에는 이끼가 덮이고 후퍼 목사의 얼굴은 흙으로 돌아갔다. 그러나 그 얼굴이 검은 베일의 밑에

서 썩어 갔다는 것을 생각해 보면 지금도 역시 끔찍하게만 느껴진
다.

혼례식의 조종 소리

혼례식의 조종 소리

뉴욕 시에는 내가 언제나 각별한 관심을 가지고 바라보는 교회당이 하나 있는데, 그것은 나의 할머니가 어린 소녀였을 적에 그 교회당에서 거행된 매우 괴이한 어느 결혼식 때문이었다.

어질고 너그러운 숙녀였던 나의 할머니는 우연히 그 장면을 보게 되었는데 그 이후로는 자주 그 이야기를 들려주었다. 그 장소에 있는 지금의 그 큰 건물이 할머니가 말씀하시던 바로 그것인지 어떤지는 내가 그것을 조사할 만큼 큰 열의를 가지지 않아 확실하지는 않다. 그렇다고 일부러 문 위의 머릿돌에 새겨진 완공 일자를 읽어보고 확인하는 것 또한 별 가치 있는 일 같지도 않았다.

이 건물은 굉장히 아름다운 잔디로 둘러싸인 장엄한 교회당이었는데, 그 구내에는 항아리 모양으로 된 납골당과 동 기둥, 장방형의 뾰족탑, 그 외에 개인적인 헌납물, 또는 역사적인 죽음을 기리기 위해 새겨진 여러 가지 대리석 조각들이 있었다. 그러한 장소라면 비록 뾰족탑 바로 밑으로 거리의 혼잡한 소음이 울리며 지나고있다 하더라도 그곳에 어떤 전설적 관심을 결부해 보고 싶은 마음이 일어나기 마련이다.

그 결혼식은 일찍이 정해 놓은 약혼의 결과라고 보아야 할 것 같다. 비록 여자가 과거에 두 번이나 결혼한 경험이 있고, 또 남자가사십 년 동안이나 독신을 고수해 왔다고 하더라도 말이다.

예순 다섯 살의 엘렌우드 씨는 수줍음이 많은 성격이지만 아주은폐된 생활을 한 사람은 아니었다. 그는 자기 자신만을 염려하는사람들이 흔히 그렇듯이, 이기적이기는 해도 가끔씩 너그러운 성격을 비추어 보이기도 했다. 그는 또한 평생을 학자로 살아왔지만솔직히 조금 나태한 학자라고 볼 수 있다. 왜냐하면 그의 연구는대중의 이익이나 개인적인 야망에 있어서 어떤 일정한 목표가 없었기 때문이었다. 높은 교양을 갖추고, 괴팍하고 까다로운 신사이면서도, 때때로 자신을 위해서 사회적 관습을 상당히 완화해 줄 것을 요구하는 인물이기도 했다.

사실 그의 성격에는 비정상적인 데가 많았다. 대중들의 시선으로부터 벗어나려 하는 병적일 정도의 감수성을 가졌음에도 불구하고 터무니없이 상식에 벗어나는 행동을 하고 있기 때문에 그는 사람들의 입방아에 빈번히 오르내렸으며, 사람들은 종종 광기가 유

전적인 현상이 아닐까 궁금해하며 그의 혈통을 조사해 볼 정도였다.

그러나 그럴 필요는 조금도 없었다. 그의 변덕스러운 마음은 달리 정열을 쏟을 곳이 없다는 것과 다른 먹이의 결핍 때문에 스스로 자신을 먹어 가는 감정에 기인한 것이었다. 만일 그가 미쳤다면, 그것은 목표도 없고 지속성 없는 생활의 결과이지 결코 그것 때문만은 아니었다.

여자는 나이만 빼놓고는 모든 면에서 그와는 더할 수 없이 대조적이었다. 그녀는 피치 못할 사정으로 처음 약혼을 파기하고 자신보다 나이가 갑절이나 많은 남자와 결혼해서 모범적인 아내가 되었는데, 그 남자의 죽음으로 굉장한 유산을 상속받게 되었다. 그 후, 그녀보다 나이가 훨씬 어린 남부의 신사가 그녀를 신부로 맞아 찰스턴으로 데리고 갔다. 그녀는 거기에서 불안한 여러 해를 지낸 뒤에 또 다시 과부가 되었다.

만일 이 대브니 부인과 같은 그런 삶 가운데서도 어떤 섬세한 감정이 남아 있다면 그것은 정상이 아닐 것이다. 첫 약혼에 대한 실망과 첫 번째 결혼에서의 싸늘한 의무감, 두 번째 결혼에서 차라리 죽음을 염원했을 정도로 불친절했던 남부 출신 남편으로 인해 생긴 애정 원리의 혼란 등, 이런 모든 것 때문에 그녀의 아름다운 감정은 파멸될 수밖에 없었다. 요컨대 그녀는 가장 현명하면서도 가장 사랑스럽지 못한 부류의 여성이었으며, 가슴속의 시련을 침착하게 참고, 자기에게 행복이 될 수도 있는 것들을 모두 포기하여 자신에게 남아 있는 것만을 이용하는 철학자였다. 거의 모든 문제에 대해 현명한 이 과부는, 자신을 웃음거리로 만드는 단 한 가지 약점 때문에 오히려 조금은 더 호감을 주는 것 같았다.

그녀에게는 자식이 없었기 때문에 딸에게 자신의 아름다움을 물려 줄 수가 없었다. 그런 까닭에 여자는 늙어 추해지는 것을 두려워한 나머지 시간과 싸우고, 자신의 장미 빛 젊음을 단단히 붙잡고 놓지 않으려 했기 때문에 시간의 도적은 그녀의 젊음을 빼앗는 것이 헛수고라고 생각하고 포기한 것 같았다.

이 세속적인 부인이 엘렌우드 씨와 같은 비세속적인 남자와 곧 결혼한다고 발표한 것은 대브니 부인이 고향인 뉴욕 시에 돌아온 지 얼마 안 되어서의 일이었다. 피상적인 관찰자들도 이 결혼을 성사시키기까지 여자 쪽에서 더욱 적극적이었을 거라는 추측에 의견을 모으고 있었다.

둘의 결혼을 정략 결혼이라고까지 생각하는 이들도 있었는데, 그들에 의하면 결혼의 필요성이 남자보다 여자가 더욱 절실했으리라는 주장이었다.

어쨌든 모든 사람들이 의아해 하는 점은 세속적인 지혜도 없거니와 남의 비웃음에 대해 몹시 예민한 이 신사가 어떻게 해서 그렇게도 우스꽝스러운 방법을 취할 수 있었던가 하는 것이었다.

이렇게 사람들이 이러쿵저러쿵하는 사이에 결혼식 날이 다가왔

다. 식은 감독교 파의 의식에 따라 거행하기로 했고, 많은 사람들에게 알려진 탓인지 구경꾼들은 교회의 이 층 전면석과 성단의 넓은 통로를 따라 놓여 있는 좌석들을 전부 차지했다. 일부러 그렇게 하기로 약속을 한 것인지, 또는 그렇게 하는 것이 당시의 관습이었는지는 모르지만 신랑의 행렬과 신부의 행렬이 따로따로 교회당 안으로 걸어가게 되어 있었다. 무슨 이유에서인지 신랑은 그 신부와 들러리보다 약간 시간이 늦어졌다.

그런데 우리의 이야기는 우선 꼭 필요한 서론을 끝내고 조금 지루하겠지만 이 신랑 일행의 도착을 기점으로 해서 본론이 시작될 것이다.

구식 마차 몇 대의 둔탁한 바퀴 소리가 들리자 이윽고 신사 숙녀로 구성된 신부 측 일행이 주위의 모든 것을 환하게 비추듯 명랑한 정경을 만들며 교회당 문으로 들어섰다. 그날의 주인공인 신부를 제외하고는 함께 한 일행은 모두 다 젊고 쾌활한 젊은이들이었다. 그들이 교회의 넓은 통로를 따라 올라갈 때에 양편 좌석과 기둥들은 빛나는 듯했고, 그들의 발걸음은 마치 교회당을 무도회장으로 착각하고 있기라도 한 것처럼 스텝을 밟듯 성당을 향해서 나아갔다. 그 장면이 눈부시고 찬란했기 때문에 그 행렬이 문턱을 넘어서는 순간 일어난 아주 기이한 현상을 눈치 챈 사람은 거의 없었다.

신부의 발이 문턱을 딛는 순간, 그녀의 머리 위에 있는 탑에서 종이 무겁고 침통한 조종(弔鐘)을 울렸던 것이다. 신부가 교회당

본관을 들어갈 즈음 종소리의 여운은 서서히 사라지는 듯하더니 길게 늘어진 장중한 여음을 다시금 돌려보냈다.

"맙소사! 이 무슨 불길한 징조람!"

한 젊은 처녀가 자기의 애인에게 속삭였다.

"맹세하지만……."

그 신사는 대답했다.

"저 종은 저절로 울리는 고상한 취미를 가진 모양이야. 저런 여자가 결혼이라니, 어디 말이나 되는 일이오? 사랑스러운 줄리아, 만일 당신이 성단을 향해 걸어간다면 저 종은 가장 즐거운 소리로 울릴 텐데 말이오. 저 늙은 신부에게는 장례식 종소리가 더 어울릴지도 모르지."

신부와 그의 일행 대부분은 법석을 떨며 교회당으로 들어오는 바람에 첫 번째 종소리를 듣지 못했으며, 더구나 그런 불길한 종소리의 영접을 받으면서 성단에 나아가는 것에 대해 생각해 볼 겨를조차 없었다. 때문에 그의 쾌활한 발걸음은 멈춤 없이 곧장 앞으로 뻗어 나갔다.

당시의 찬란한 의복들—진홍빛 벨벳 코트, 금테를 두른 모자, 둥근 고정테를 넣은 스커트, 명주, 공단, 수가 놓인 비단, 혁대 장식, 지팡이, 칼—과 모든 장신구들은 그런 화려한 옷차림을 한 사람들의 몸에 기가 막힐 정도로 어울려서 그들은 실물보다 더 화려한 색채로 그려 놓은 한 폭의 그림처럼 보였다. 아! 하지만 그것은 한때 사랑스러웠던 소녀도 어느 날 흉한 몰골의 늙은이가 된다는 교훈을 주위의 미녀들에게 가르쳐 주려는 것인가? 여하튼 그렇게 찬란한 빛을 발하는 행렬이 통로의 삼 분의 일쯤 되는 곳에 이르렀을 때 다시 그 종소리가 울렸고, 종소리는 교회당 전체에 어두운 그림자를 가득 덮는 것처럼 보였으며, 행렬이 마치 안개 속으로부터 모습을 드러내듯 나타나기까지 그 화려한 행렬을 어둡고 흐리게 했다.

종소리가 다시 울려 퍼지자 행렬은 동요를 일으켜 행진을 멈췄으며, 행렬 속의 사람들은 몸을 움츠리며 가까이 모여들었고, 그와 동시에 몇몇 부인들이 가늘게 지르는 비명 소리와 신사들 가운데서 수군거리며 속삭이는 소리가 들렸다. 그들의 우왕좌왕하는 모습은 싱싱한 꽃봉오리가 달려 있는 줄기 위에 오래되어 갈색으로 시든 장미꽃 한 송이가 바람에 위태롭게 나부끼는 모습에 비유할 수 있었다. 바로 젊고 아름다운 들러리 소녀들 사이에 긴 과부의 모습이었다.

하지만 신부의 용기는 높이 살만 했다. 신부는 그 종소리가 그녀의 심장 위에 똑바로 떨어지기라도 한 듯이 처음에는 소스라치게 놀라서 어쩔 줄 몰라 했지만, 곧 정신을 가다듬고 들러리들이 아직도 어쩔 줄을 모르고 당황하고 있는 사이, 침착하게 통로를 걸어갔다. 종소리는 마치 시체가 묘지를 향해 걸어갈 때처럼 음울하고 규칙적인 곡조로 울려 퍼졌다.

"내 어린 친구들은 약간 신경 과민인 모양이에요."

과부는 얼굴에 미소를 지으면서 성단 위의 목사에게 말했다.

"가장 즐거운 종소리에 안내된 수많은 결혼식도 결국은 불행하게 끝난 경우가 많은데 이런 특이한 징조에 접하고 보니 도리어 더 큰 행운이 기대되는군요."

"부인."

목사는 몹시 난처한 표정을 지으며 대답했다.

"이런 이상한 일을 당하고 보니 저 유명한 테일러 주교의 결혼식 설교가 생각나는군요. 그 설교에서 주교는 죽음이나 미래의 슬픔에 대한 생각을 여러 가지로 섞어서 표현했기 때문에 주교 자신의 말을 빌리자면, 마치 신방에 검은 장막을 드리우고 관에 덮는 휘장으로 결혼식 의상을 지은 것 같다고 했습니다. 게다가 결혼 의식에 약간 슬픈 요소를 가미하는 것이 여러 나라 사람들의 풍습이기도 하지요. 그것은 인생에서 가장 중대한 약속을 맺는 동안에 마음속에서 죽음이라는 것에 대한 생각이 덧나지 않게 하려는 것입니다. 그러므로 우리는 지금 울리는 조종 소리에서 슬프지만 유익한 교훈을 얻을 수 있을 것입니다."

그러나 이 목사는 교훈에 대해서 테일러 주교보다도 더욱 날카롭게 이야기하면서도 그의 수행원으로 하여금 이상한 사건을 조사하여 이 결혼식을 음울하게 만드는 그 종소리를 정지시키는 것을 잊지 않았다.

짧은 시간이 흘렀다. 이 미묘한 사태의 침묵을 깨뜨린 것은 결혼식 참가자들 속에서 들리는 속삭임과 킥킥대며 웃음을 참는 소리였다. 이 사람들은 처음에 받은 충격이 지나간 뒤, 도리어 이 사건에서 심술궂은 즐거움을 느끼려는 것 같았다. 젊은이들은 늙은이의 어리석음에 대해서 늙은이가 젊은이의 어리석음을 대할 때보다 더 무자비한 법이다.

과부의 시선이 잠시 교회당 창을 향해서 이리저리 움직였다. 그것은 마치 자신의 첫 번째 남편 무덤에 세운 낡은 대리석 묘비를 찾아보려는 것처럼 보였다. 그리고는 그녀의 눈꺼풀이 흐릿한 두 눈동자 위로 힘없이 내리 덮이면서 그녀의 생각은 어쩔 수 없이 또 다른 하나의 무덤으로 끌려가는 것이었다. 매장된 두 남자는 과부의 귓가에 대고 외치며 자신들의 옆에 와서 드러누우라고 멀리서 외치고 있었다.

만일 여러 해 동안 행복한 세월을 보낸 뒤에 저 종소리가 지금 자기의 장례식을 고하는 것이라면, 그리고 자기의 첫사랑이자 오랫동안 남편이 되었을 사람의 변함없는 애정에 의해 무덤으로 인도되어 가는 것이라면 자신의 운명은 얼마나 행복할까 하고 그녀는 순간이나마 솔직하게 생각해 보았다. 그러나 두 사내의 이미 싸늘하게 식어 버린 가슴이, 서로의 포옹이 진저리나도록 겁이 나는 지금에 와서 그녀는 그들에게로 다가갈 수 있을 것일까?

죽음의 종소리는 아직도 침통하게 울려 햇빛조차도 하늘 저편으로 사라져 버리는 것 같았다. 신부를 감싸고 서 있던 사람들의 입에서 입으로 전해지는 속삭임 소리가 이제는 교회당 전체에 불쾌하게 울려 퍼졌다.

　신부는 성단 옆에서 산 사람을 기다리고 있는데 밖에서는 여러 대의 수행 마차를 거느린 영구 마차 한 대가 교회 묘지를 향해 죽은 사람을 싣고 기듯이 매우 느린 속도로 다가오고 있었다. 바로 그 뒤를 이어 신랑과 그의 일행이 입구를 향해 걸어오는 발자국 소리가 들려왔다. 과부는 통로 쪽을 바라보고 있다가 자신의 앙상한 손으로 들러리 소녀의 팔을 무의식중에 세게 붙잡았다. 그 아름다운 소녀는 너무 놀라 몸을 떨었다.

　"깜짝 놀랐어요, 부인!"

　소녀는 외쳤다.

　"도대체, 무슨 일이세요?"

　"아니, 아무것도 아니야."

　과부는 말했다. 그리고 그 소녀의 귀에 가까이 대고 속삭였다.

　"하찮은 망상이 떠올라서 아무리 해도 떨쳐 버릴 수가 없구나. 신랑이 죽은 내 전남편 두 사람을 들러리로 세우고 교회당 안으로 들어오는 것만 같아!"

　"어머나! 저것 좀 보세요!"

　그 소녀가 날카롭게 외쳤다.

　"이게 무슨 일이람! 장례식 행렬이에요!"

소녀가 말을 하는 사이 어두운 행렬이 교회당 안으로 들어왔다. 제일 먼저 상주로 보이는 한 노인과 노파가 창백한 얼굴과 하얀 백발만 빼놓고는 머리로부터 발끝까지 전체에 온통 칠흑 같은 검은 옷을 입고 들어왔다.

남자는 지팡이에 몸을 의지하고 힘없는 한쪽 팔로 아내의 노쇠한 몸을 부축하고 있었다. 그 뒤를 이어 다른 한 쌍의 늙은 부부가 나타났는데, 그들도 먼저 나타났던 부부와 똑같이 늙고, 어둡고, 슬픈 모습이었다. 그들이 가까이 다가오자, 과부는 그 한 사람 한 사람의 얼굴에서 오랫동안 잊고 있었던 옛날 친구들의 모습을 찾을 수 있었다.

그들은 마치 지금 막 무덤 속에서부터 돌아와서 그녀에게 수의를 준비하라고 충고라도 하는 것 같았다. 또는 그녀에게 자신들의 노쇠한 몰골을 보여 줌으로써 그녀 자신도 그들과 마찬가지임을 증명하려는 듯했다.

처녀 시절 과부는 그들과 더불어 웃고 춤추며 수많은 밤을 보내기도 했다. 그러나 지금 그녀는, 기쁨이라고는 사라져 버린 늙고 지친 상대가 자신의 손을 붙잡고 장례식의 조종 소리에 맞추어 다 함께 죽음의 춤에 참가하자고 권유하는 것처럼 느껴졌다.

이들 늙은 조객들이 통로를 지나가는 동안, 자리에 가득 찬 구경꾼들은 통로 사이사이 끼어 있던 방해물로 인해 보이지 않던 어떤 물체를 보고서 공포에 사로잡히고 말았다. 많은 사람들이 얼굴을 돌려 버렸다. 어떤 이들은 놀라서 몸이 굳은 채 동공이 고정되어 버렸다. 어떤 소녀는 신경질적으로 낄낄대고 웃더니 입가에 웃음을 머금은 채 기절해 버렸다.

이 유령 같은 행렬이 성단에 가까이 왔을 때 그들 부부는 각기 나누어져서 천천히 서로 다른 방향으로 나가더니 그 한가운데에 이 모든 음울한 분위기와, 조종과, 장례 의식의 주인공인 듯한 형체가 모습을 드러냈다. 그것은 다름아닌 수의를 입은 신랑이었다.

무덤의 옷 이외에는 어떤 의복도 그런 송장 같은 모습에 어울릴 수 없었을 것이다. 사실 그의 두 눈은 무덤 속의 등불처럼 공포의 광채를 발하고 있었다. 그 외에 모든 모습들도 관 속에 든 늙은 송장이 지닌 엄숙함으로 굳어져 있었다. 그는 움직이지 않고 서서 과부를 향해 말을 건넸다. 그 목소리는 공중에서 무겁게 떨어지는 종소리 가운데로 녹아 들어가는 것 같았다.

"오, 나의 신부여."

그 창백한 입술이 말했다.

"상여는 준비되었소. 교회지기가 묘지의 입구에서 우리들을 기다리고 있다오. 자, 이제 식을 올립시다. 그런 다음 함께 관 속으로 들어갑시다!"

그 순간 과부가 느낀 공포를 어떻게 표현할 수 있을 것인가! 그때 그녀의 모습은 죽은 사람의 신부답게 유령 같은 모습을 하고 있었다. 신부를 따라온 젊은 들러리들은 조문객들과 수의를 걸친 신

랑과, 또 신부를 보고는 그만 몸서리를 치며 저만큼 뒤로 물러섰
다. 이 전체의 장면을 강렬한 비유로써 표현하자면, 이 세상의 도
금된 모든 허세가 노쇠와 병약함과 슬픔과 죽음에 맞서기에 얼마
나 헛된 노력인가 하는 것을 나타내고 있었다.

공포에 짓눌린 침묵은 목사에 의해 깨졌다.

"엘렌우드 씨."

목사는 위로하듯, 그러나 다소 위엄을 갖추어 말했다.

"이 무슨 망령된 행동입니까! 당신의 정신은 지금 당신이 처한
특수한 상황 때문에 흥분되어 있습니다. 결혼식은 연기해야 되겠
습니다. 오랜 친구로서 부탁입니다만 우선 집으로 돌아가십시오."

"돌아가라고요! 그러죠. 그러나 신부와 함께하지 않고는 돌아갈
수 없습니다."

그는 여전히 깊은 동굴 속에서 울려 나오는 듯한 음산한 말투로
대답했다.

"당신은 이것을 웃음거리나, 아니면 미친 짓이라고 생각하시겠
지요. 만일 내가 늙어빠진 이 몸을 수놓은 진홍빛 비단 옷으로 치
장하고 왔더라면—만일 내가 쭈글쭈글한 내 입술을 억지로 벌려서
죽은 내 심장에 미소라도 짓는다면—그것이야말로 웃음거리나 미
친 짓이 아니겠습니까? 그러나 지금 이 자리에 있는 여러분, 결혼
예복을 입지 않고 여기에 온 사람은 신랑입니까, 신부입니까?"

그는 유령 같은 걸음걸이로 과부의 옆에 다가가서 자신의 끔찍

할 정도로 소박한 수의와 이 불행한 장면을 위해 과부가 차려 입은
눈부신 치장과 대조시켜 보였다. 이 두 사람을 바라본 하객들은 아
무도 그의 병적인 지성이 고안해 낸 이 교훈의 무서운 힘을 부정할
수는 없었다.

“잔인해요! 잔인해!”

마음에 충격을 받은 신부는 비통한 목소리로 외쳤다.

“잔인하다고?”

신랑이 반문했다. 그리고 격렬한 비통함으로 인해 주검처럼 냉
정하던 태도를 허물어뜨리고 말했다.

“두 사람 중에서 누가 더 잔인한지는 하나님이 심판해 주실 거
요. 젊은 시절 당신은 나의 행복과 희망과 목표를 빼앗아 버렸소.
당신은 내 삶의 알맹이를 모조리 뽑아 가고, 그것을 슬퍼할 만한
실체도 없는 한낱 허망한 꿈으로 만들었습니다. 남은 것이라고는
오로지 끝없이 펼쳐진 어둠뿐이었고, 그 어둠을 뚫고 나는 지친 걸
음으로 방황했소. 그러나 사십 년이 지난 지금, 내가 내 자신의 무
덤을 만들어 놓고 거기에서 쉬고 싶은 마음을 떨쳐 버릴 수 없는
지금에 와서―그러나 그건 우리가 옛날 함께 꿈꾸었던 그런 생활
을 위한 것은 절대 아니오―당신은 나를 이곳으로 불렀소. 난 당신
의 부름에 따라 여기에 왔소. 그러나 다른 남편들이 당신의 청춘과
아름다움과 따뜻한 마음, 그리고 당신의 생명이라고 일컬을 수 있
는 모든 것을 소비해 버렸소. 나를 위해서 남겨진 것이라고는 당신

의 깊은 주름과 죽음밖에 무엇이 더 있겠소? 그래서 나는 이곳에 조문객들을 불러들이고 교회 관리인에게 가장 음울한 조종을 울릴 것을 부탁하고 수의를 입고 온 것이오. 우린 무덤 문 앞에서 서로 손을 잡고 함께 그 속으로 들어가야 한다오."

그때 신부의 마음을 움직인 것은 광란도 아니었고, 또 이런 일에 익숙지 않은 강렬한 감정의 움직임도 아니었다. 그날의 준엄한 교훈이 그녀의 마음을 움직인 것이다. 그녀의 세속적인 마음은 이제 사라져 버렸다. 여자는 신랑의 손을 잡았다.

"그래요!"

신부는 외쳤다.

"자, 이곳이 무덤의 문턱이라고 해도 결혼하겠어요! 나의 생애는 허영과 공허함에 찬 채 지나가 버렸어요. 그러나 마지막에 이르러 단 하나의 진실한 감정이 솟는군요. 그것이 나를 젊은 시절의 나만큼 가치 있게 해주었고, 또한 당신에게 어울리는 사람으로 만들어 주는군요. 우리 두 사람에게는 이제 시간이 없어요. 자, 두 사람의 영원을 위해 결혼해요!"

신랑은 오랫동안 깊은 생각에 잠겨 신부의 눈동자를 들여다보았다. 그의 눈에는 눈물이 괴었다. 주검의 얼어붙은 가슴으로부터 인정이 솟는다는 것은 얼마나 신비한 일인가! 그는 수의로 눈물을 닦아 냈다.

"내 젊은 시절의 연인이여."

그는 말했다.

"내가 너무 가혹했소. 한평생의 절망이 한꺼번에 닥쳐와서 나를 미치게 만들었던 거요. 용서하시오. 그리고 당신도 용서를 받구려. 그렇소, 지금 우리는 인생의 황혼을 맞고 있소. 그러나 우리가 그리던 아침의 행복한 꿈은 아무것도 이루지 못했소. 그러나 우리는 운명으로 인해 평생을 떨어져 있다가 삶이 끝나려는 이 시간 다시 이 세상의 애정이 어떤 성스러운 것으로 변화되는 연인들처럼 이 성단 앞에서 손과 손을 마주 잡읍시다. 영원한 결혼에 비한다면 시간이란 도대체 무엇이겠소?"

많은 사람들의 눈물과 고양된 감정 속에서 두 사람은 영혼의 혼인식을 올렸다. 늙은 조문객들의 행렬, 수의를 입은 백발의 신랑, 창백한 얼굴의 늙은 신부, 결혼식 축사를 압도할 정도로 울리는 죽음의 종소리, 이 모든 것은 온갖 세속적인 희망을 묻어 버리는 장례식의 상징이었다. 그러나 의식이 진행됨에 따라 풍금은 마치 감동적인 이 장면에 공명해서 처음에는 음산한 조종 소리에 뒤섞였다가 마침내 높은 선율로 영혼이 자기들의 슬픔을 내려다볼 때까지 숭고한 하나의 찬미가를 연주했다.

이 무서운 의식이 끝나고 영원의 결혼식을 올린 한 신랑 신부가 싸늘한 손과 손을 맞잡고 물러갔을 때, 장엄한 승리의 풍금 소리는 혼례식의 조종 소리를 압도해 버렸다.

독후감 길라잡이

큰 바위 얼굴

마을 사람들이 매일 매일 올려다보며 가족처럼 친근함을 가진 한 바위가 있었습니다. 위대한 자연 현상으로 이루어진 그 '큰 바위 얼굴'은 사실 깎아지른 듯 가파른 언덕 위에 얹혀진 몇 개의 바위덩이에 불과했지만, 멀리서 바라보면 바라볼수록 사람의 얼굴처럼 보였습니다.

이곳 아이들이 그 '큰 바위 얼굴'을 바라보며 자라나는 것은 큰 행운이었습니다. 그 얼굴은 생긴 모습이 숭고하고 웅장한데다 표정이 다정했고, 마치 그 사랑으로 온 인류를 포용하고도 남을 것만 같았기 때문입니다. 그저 그 얼굴을 바라보는 것만으로도 큰 교육이 되는 셈이었습니다.

이 골짜기 마을의 토지가 기름진 것도 언제나 그곳을 내려다보는 이 온화한 표정의 얼굴 덕분이라고 믿는 사람들도 많았습니다. 구름을 찬란하게 꾸미고, 정다운 모습을 햇빛 가운데서 펼치고 있는 그 큰 바위 얼굴 때문이라는 것입니다.

지금 그 큰 바위 얼굴을 보고 있는 어린 소년의 이름은 어니스트입니다. 소년은 어머니에게서 인디언들에서부터 전해 오는 이야기를 들었는데, 그 내용은 어느 때인가 장차 이 골짜기 근처에 한 아이가 태어나고, 그 아이는 고상한 인물이 될 운명을 타고나며, 그 아이는 어른이 되면서 점차 얼굴이 큰 바위 얼굴을 닮아

간다는 것이었습니다.

　소년은 학교에 다니며 좋은 선생님 밑에서 교육을 받을 순 없었지만, 큰 바위 얼굴을 스승으로 생각하고 착하고 총명하며, 정직하게 자라났습니다. 어느 날 그 마을에 개더골드라는 이름의 돈 많은 노인이 남은 여생을 자신이 태어난 고향에서 보내기 위해 찾아왔는데, 그가 바로 '큰 바위 얼굴'을 닮았다는 소문이 돌았습니다. 하지만 정작 그가 마을에 모습을 드러냈을 때 어니스트는 그가 조금도 '큰 바위 얼굴'을 닮지 않았음을 알고 실망했습니다. 결국 개더골드가 세상을 떠나자 사람들은 그가 '큰 바위 얼굴'을 닮지 않았다는 걸 깨닫게 됩니다.

　어니스트는 청년이 되어서도 정직하고, 선량하며, 천진난만함을 간직하고 있었는데, 그것은 큰 바위 얼굴을 항상 스승으로 생각했기 때문입니다.

　또 그때 수많은 전쟁에서 승리한 장군이 싸움에서 지친 몸과 마음을 달래기 위해 자신의 고향으로 돌아왔습니다. 사람들은 그 장군이 큰 바위 얼굴과 닮았다고 환호성을 질렀지만 어니스트는 그 역시 큰 바위 얼굴과 닮지 않았음을 알고 실망했습니다.

　중년이 된 어니스트는 아직도 자신이 태어난 그 골짜기에 살고 있었고, 그의 존재는 마을 사람들 사이에 널리 알려지게 되었습니다. 그는 착했고, 소박하긴 했지만 인류에게 무엇인가 가치 있는 일을 해 보겠다는 일념으로 살았기 때문입니다.

　어떤 유명한 정치가가 또 다시 그의 마을을 방문합니다. 그는

청중을 사로잡는 연설가로 세상 사람들에게 널리 알려져 있었습니다. 그가 대통령이 되기 위해서 마을에 왔을 때 그는 정말 '큰 바위 얼굴'과 닮아 보였습니다. 그러나 정치가의 얼굴에는 큰 바위 얼굴에서 풍기는 장엄함이나 위풍, 그리고 위대한 사랑이 없다는 걸 어니스트는 알았습니다.

세월은 흘러 어니스트도 노인이 되었습니다. 그의 머리에는 지혜로운 생각이 풍부하게 들어 있었습니다. 그는 이제 유명한 사람이었습니다. 그는 명예를 찾지도 않고, 원하지도 않았지만, 수많은 사람이 쫓아다니는 그 명예가 그를 찾아왔습니다. 그가 살고 있는 그 산골짜기를 넘어 그의 이름은 세상에 널리 알려졌기 때문입니다.

이때 어니스트도 존경하는 어느 위대한 시인이 어니스트를 만나려고 이 마을에 오게 됩니다. 어니스트는 그가 '큰 바위 얼굴'을 닮았기를 기대했지만 그 역시 큰 바위 얼굴과 다른 모습이었습니다. 하지만 둘은 서로의 지혜를 나누며 우정을 다졌고, 어니스트는 마을 사람들에게 자신의 지혜를 나눠주는 모임에 시인을 초대합니다.

연설이 무르익을 즈음, 큰 바위 얼굴을 등지고 서 있는, 이제 백발의 노인이 된 어니스트의 모습을 보고 시인이 외쳤습니다. 바로 그의 얼굴이 큰 바위 얼굴과 똑같이 생겼다고 말입니다. 마을 사람들은 모두 입을 모아 큰 바위 얼굴을 닮은 사람이 다름 아닌 어니스트 자신이었다고 찬양했지만, 어니스트는 겸손하게 미

소 지으며 전설 속의 큰 바위 얼굴을 닮은 사람과 만나기를 기도
할 뿐이었습니다.

웨이크필드

나는 런던에서 살던 '웨이크필드'라는 가명의 어떤 사람이 부
인에게는 잠시 여행을 다녀온다고 말한 뒤 이십여 년 동안 자기
집 이웃에 살다가 돌아온 사건을 어떤 오래 된 잡지인가 신문에
서 읽었습니다.

웨이크는 젊었을 때 별 특징이 없고, 평범한 사람이었습니다.
그런데 어느 날 돌연히 이상한 행동을 하게 되었다고 봅니다. 즉,
그는 부인만이 아는 약간은 이기적이고 괴이한 성격을 지니고 있
었는데, 어느 날 약간의 여행에 필요한 여장을 갖추고 일주일 동
안 여행을 하고 오겠다고 하고 집을 나섰을 것입니다.

그러나 그는 먼 곳으로 가지 않고, 이웃집에 세를 얻어 살면서
자기 집을 관찰합니다. 그는 변장을 하고 집 근처를 배회하다가
부인을 만나기도 하고, 부인이 아픈 것과, 여러 가지 고난을 겪는
것을 지켜보면서 10여 년을 보냅니다. 그는 그러는 동안에 고집
불통, 이상한 성격의 소유자가 되어 자기 집이 어떻게 되는지 끝
까지 보겠다는 오기로 세월을 보냅니다.

또 다시 10년이 흐른 뒤 노인이 된 그는 홀연히 자기 집에 나타
나 옛날처럼 살아갑니다. 그가 20십 여 년이나 떨어져 산 것은 원
래 작정했던 일주일보다 길지 않을 수도 있습니다. 다만 순수하

고 불쌍한 부인을 농락한 데 지나지 않을 것입니다.

하나의 개체는 어떤 조직 속에 있을 때 가치를 발휘하는 것이며, 그 조직을 이탈했을 때는 모험이 될 수 있겠지만, 우주의 질서로부터는 추방자가 되는 것입니다.

 작품 분석하기

큰 바위 얼굴

이 소설은 미국의 어떤 산골에서 바위들로 이루어진 큰 바위 얼굴과 전설에 기초를 두고, 어니스트라는 한 어린이가 어릴 때부터 어머니에게서 언젠가는 이 동네에 그 '큰 바위 얼굴'을 닮은 어진 사람이 나타날 것이라는 이야기를 듣고, 평생을 그 사람을 기다리면서 자신이 그 전설에 알맞은 사람으로 성장해 간다는 이야기를 쓴 것입니다.

❙**작품의 주제**❙ 마음이 착하고 어질며, 남을 위할 줄 아는 사람은 교육이나 지식과는 관련이 없이 훌륭한 인간이 될 수 있음을 보여줍니다.

❙**작품의 시점**❙ 어니스트라는 주인공을 내세운 3인칭 소설입니다.

❙**시대적 배경**❙ 19세기에 해당됩니다.

❙**공간적 배경**❙ 미국의 어느 작은 마을

｜사상적 배경｜ 인간 본성은 착하고 선하며, 이것은 교육이나 지식의 습득과는 관련이 없음을 알려줍니다.

웨이크필드

이 소설은 근대 사회에서 소시민이 겪는 소외감을 잘 보여 주고 있다는 평을 듣습니다. 저자가 가지고 있던 소외감으로부터 나오는 죄의식을 '미'의 이념이라든가 철저한 지적 탐구의 정신으로 표출하고 있음을 알 수 있습니다.

｜작품의 주제｜ 도시에서 소외되는 소시민의 무능력과 무력감을 나타내고 있습니다.

｜작품의 시점｜ 일인칭의 소설로, 제삼자에 대한 기사를 보고 추측해 보는 내용입니다.

｜시대적 배경｜ 19세기

｜공간적 배경｜ 영국 런던

｜사상적 배경｜ 비과학적인 주제를 많이 쓰고, 인간 심리의 심연을 예리하게 파헤치며, 도덕의 문제를 줄기차게 좇습니다.

3. 등장인물 알기

큰 바위 얼굴

어니스트 　　'큰 바위 얼굴'이 있는 동네에서 태어나서 어릴 적부터 그에 관한 전설을 듣고, 큰 바위 얼굴을 닮은 사람을 기다리며 평생을 살아가다가 나중에는 자신이 그런 사람이 됩니다.

어니스트의 어머니　애정이 풍부하고 생각이 깊은 여인입니다. 그래서 자기 아들의 커다란 소망을 깨뜨리지 않는 것이 현명할 것이라고 생각합니다.

개더골드　그 고장 출신으로, 돈을 많이 벌었지만 결국 별 볼 일 없이 일생을 마감합니다.

올드 블러드 앤드 선더　역전의 용사로 온갖 고생과 상처 때문에 몸이 허약해져서 고향에 돌아와 존경을 받았지만 나중에는 험상궂은 인상과 산 위에 있는 자비로운 얼굴과는 비슷한 점이 없다는 것을 사람들이 깨닫게 됩니다.

올드 스토니 피즈　정치가로 웅변을 잘하고, 대통령이 되려고 합니다. 훤하게 벗어진 이마나 그 밖에 얼굴 생김생김이 당당하고 힘차게 보입니다.

시인　이 골짜기에서 태어난 사람으로 이 고장을 멀리 떠나, 일생의 거의 대부분을 시끄러운 도시 속에서 살면서도 거기서 꿈같이 아름다운 음률을 쏟아 놓고 고향에 돌아와 어니스트가 큰 바위 얼굴을 닮았음을 알게 됩니다.

웨이크필드

나　무슨 헌 잡지나 신문에서 오랫동안 아내 곁

을 떠나 있던 사나이에 관한 기사를 읽고, 자신 나름대로 그 과정과 이유와 원인을 생각해 보고 있습니다.

웨이크필드 결혼한 후 얼마 안 되어 여행을 떠나는 듯 꾸미고, 자기 집과는 서로 이웃에 있는 거리에 방을 얻어 아내와 친구들에게 들키지도 않고, 자기 추방의 원인이 되는 아무런 이유도 없이 이십 년 이상이나 거기에서 줄곧 살다가 홀연히 자기 집으로 돌아옵니다.

부인 어느 날 남편이 여행을 간다고 떠난 후 돌아오지 않자 당황하고, 방황도 하며, 병이 나기도 하지만 이를 극복하고 이십여 년을 과부로 살아갑니다.

4. 작가 들여다보기

나다니엘 호손은 1804년 7월 4일에 미국 매사추세츠 주 보스턴의 바로 북쪽에 위치한 항구 도시 세일렘에서 태어났습니다. 아버지는 근엄한 청교도의 선장이었는데, 호손이 네 살 때 남아메리카에서 죽자, 호손은 어머니를 따라 메인 주의 시골 외갓집에서 자랐습니다. 이 무렵에 스펜서의 《선녀왕》이라든가 버니언의 《천로역정》과 셰익스피어의 작품을 읽고 깊은 감명을 받았습니다.

1821년에 메인 주의 보든 칼리지에 입학하여, 동급생인 시인

롱펠로우와 나중에 대통령이 되는 피어스(상급생)와 가까이 사귀었습니다. 1825년에 보든 칼리지를 졸업하자 고향인 세일렘으로 돌아가서, 교회에도 나가지 않을 정도로 고독한 생활을 보냈습니다. 문학적인 환경과는 전혀 인연이 먼 이 세일렘의 거리에서 호손은 문학에 정진했답니다.

1828년에 《판쇼우》라는 장편 소설을 자비로 출판했지만 호평을 받지 못했고, 차차 여러 잡지에 단편을 발표하기 시작하여, 1837년에는 《케케묵은 이야기》를 출판했습니다. 학우 시인인 롱펠로우가 한 잡지의 지면을 빌어 칭찬한 것 외에는 별로 큰 반응을 얻지 못했습니다.

1839년부터 1842년까지 보스턴 세관의 검사관으로 일한 그는 이 무렵에 소피아 피버디와 사귀어 연애 끝에 1842년 38세 때 결혼하여, 철학가 에머슨이 살았던 콘코드의 목사관에서 신혼 살림을 시작했습니다. 이 해에 《케케묵은 이야기》 제2집을 출판하여 애드가 알렌 포우의 격찬을 받았습니다.

1846년에는 《옛 목사관의 이끼》가 출판되는 등, 호손의 문학에 대한 명성은 날로 높아졌지만 생활은 언제나 빠듯했습니다. 그래서 1846년에 호손은 세일렘의 세관 감정관이 되어 3년 동안 근무했습니다. 하지만 창작에 몰두할 수 없는 상황이 언제나 그를 고민하게 했습니다.

1849년 세관에서 밀려나자 아내의 격려로 창작 생활에 몰두하여 다음해 2월에 《주홍 글씨》를 완성했습니다. 《주홍 글씨》는 여러 가지 의미에서 그때까지 씌어진 호손 단편의 총결산이었습니다. '헤스터'나 '딤즈데일', '칠링워드' 등의 성격은 모두 그 원형을 그때까지의 단편에서 찾아볼 수 있는 특이한 것들이었습니다. 또 사회에서 고립 당해 사회로 되돌아오려고 몸부림치는 개인, 죄의식의 문제 등 이러한 소설의 주제는 호손이 그때까지 여러 단편에서 몇 번이나 시도해 본 것이었습니다.

호손이 《주홍 글씨》를 그토록 단시일에 완성할 수 있었던 것은 그가 너무나도 잘 알고 있는 뉴잉글랜드의 과거에 관한 일이었기 때문입니다. 물론 호손 자신도 많은 독서와 연구로 뉴잉글랜드의 과거를 잘 알고 있었겠지만, 그의 집안 자체가 뉴잉글랜드의 역사라고 해도 될 만했기 때문입니다.

그의 조상인 윌리엄 호손이 매사추세츠에 이주한 것은 식민 초기인 1630년이었으며, 그의 아들인 존 호손(호손의 고조부)은 유명한 판사로서 당시의 세상을 떠들썩하게 한 세일렘 마녀 재판 사건을 취급한 사람이었습니다. 따라서 《주홍 글씨》가 잉태되어 단시일에 햇빛을 볼 수 있던 여건은 호손의 안과 밖에 밀착되어 있었지요.

호손을 이야기할 때에 그의 오래지 않은 세관 생활을 간과할 수 없습니다. 이 소설의 서문 역할을 하는 〈세관〉에서 자세히 언급되어 있는 바와 같이 그는 당시의 관리들의 무능과 무위도식을 풍자적으로 서술하면서 스스로의 불만을 달랬다고 할 수 있을 것입니다.

호손 문학의 특질이라고 하면 우선 그의 문학의 알레고리입니다. 그의 문학은 언제나 인간의 마음의 문제를 다루고 있답니다. 그가 젊었을 때에 읽은 스펜서나 버니언의 영향이라고도 할 수 있을 것입니다.

그럼 그의 삶을 연보로 살펴볼까요?

1804년	7월 4일, 미국 메사추세츠 주 세일럼 시에서 외항선 선장의 외아들로 태어남. 어머니는 명문 출신이었으며, 아버지는 직업상 집을 비우기가 예사였는데, 호손이 네 살 때 네덜란드 령 수리남에서 사망함.
1809년	외삼촌 로버트 매닝의 집으로 이사함. 친척들로부터 '기쁨이 없는 집'이라는 평을 들음.
1815년	1818년까지 셰익스피어, 밀튼, 버니언 등의 작품을 읽음.
1819년	7월, 세일럼의 학교에 복학함. 이 무렵에 스코트, 고드윈의 작품과 《아라비안 나이트》를 읽음.
1820년	7월, 대학 입시를 위해 라틴 어를 배움. 8월에는 펜으로 쓴 《스펙테이터》라는 잡지를 발행하여 친지 사이에 돌려보게 함. 5호까지 냄.
1821년	3월, 보스턴으로 〈리어 왕〉을 구경하러 감. 10

월에는 메인 주 브룬스윅의 보드윈 컬리지에
입학함. 여기서 작가를 지망했는데, 동창으로
롱펠로우, 피어스 브리지 등을 만남.

1825년 　보드윈 컬리지 졸업. 세일럼의 어머니에게로
돌아가 1837년까지 고독하게 삶. 학생 시대의
기록인 《We are Seven》을 출판하려 했지만
출판사가 거절함.

1828년 　《팬쇼》를 자비로 출판하려 했지만 실패. 그러
나 이것이 G.S. 구드리치의 인정을 받아 두 사
람이 가깝게 됨.

1832년 　구드리치가 주재하던 연간 문예지 《The
Token》에 〈The Gentle Boy〉 외 세 편을 익명
으로 발표.

1836년 　9월, 《Peter Parley's Universal History》를
집필하여 간행.

1837년 　3월, 이미 발표한 단편들을 모아 《Twice Told
Tales》라는 이름으로 간행함. 롱펠로우가 서평
에서 극찬함. 소피아와 교제.

1839년 　1월, 보스턴 세관에 근무함.

1842년 　7월 9일, 소피아와 보스턴에서 결혼.

1844년 　3월, 장녀 유나 탄생. 출판사 원고료가 나오지
않아 경제적으로 어려움.

1846년   4월, 세일럼 세관에 근무함. 이때의 경험이 《주
          홍 글씨》의 서장 〈세관〉이 되었음. 6월, 장남
          줄리안이 태어남.

1849년   6월, 반대당이 집권하자 세관에서 면직되어 창
          작에 정진함. 7월 31일에 어머니가 사망함. 이
          무렵 《주홍 글씨》의 집필이 진행됨.

1850년   1월, 친구와 애독자로부터 500달러 이상의 송
          금 수표가 도착함. 3월에 《주홍 글씨》 출간. 첫
          달에 5천 부를 인쇄하여 450달러의 인세를 받
          음. 이해에 허먼 멜빌과 알게 됨.

1851년   47세, 4월, 《The House of the Seven
          Gables》를 간행. 5월에 차녀 출생. 7월에 《A
          Wonder Book for Girls and Boys》 완성. 이
          듬해 초에 간행.

1852년   8월, 여행 중 모교인 보드윈 컬리지의 초청을
          받음. 동창 피어스 대통령 선거를 위해 그의 전
          기를 써서 9월에 간행.

1853년   3월, 피어스 대통령에 의해 영국 리버풀 영사
          로 임명됨.

1853년   1857년까지 웨일즈 만 섬, 셰익스피어의 고향
          과 호수 지방, 스코틀랜드, 런던 등 영국 각지
          를 여행.

1857년	영사직에서 해임.
1858년	1월에 영국을 떠나 파리, 마르세유, 제네바, 로마 등지를 여행함. 5월에는 피렌체에서 브라우닝 부처와 교유. 10월에는 로마에 가서 다음 해까지 체류함.
1860년	2월, 《The Marble Faun》을 간행. 6월, 리버플을 떠나 보스턴으로 돌아와 소로, 에머슨 친구의 환대를 받음.
1861년	5월, 남북 전쟁이 일어나자 문인 친구들과 별로 어울리지 않고, 출판업자 필즈 기와 친하게 지냄.
1862년	장남과 함께 메인 주 각지를 여행함.
1863년	9월, 〈The Old Home〉 영국 기행 인상록이었는데, 노예 폐지에 점진론을 펴 북부에서 지탄을 받고 있던 친구 피어스에의 헌사가 있어 물의를 빚음. 건강이 나빠짐.
1864년	3월 친구 티크너와 아바나로 전지 여행을 떠나려 했지만, 날씨 문제로 필라델피아에서 묵고 있던 티크너가 폐렴으로 급사함. 5월 18일 프리머드의 객사에서 세상을 떠남.

미국에서는 정치적 독립을 이루고 사회가 안정됨에 따라, 직업 작가가 나타나기 시작했는데, 《스케치북》(1819~1820)으로 유명한 W. 어빙은 미국 최초의 문인의 한 사람이었습니다. 그는 역사가 짧은 미국 사회보다도 낭만적인 연상이 남아 있는 유럽의 풍물에 마음이 끌려 영국에 오래 머물면서, 그곳의 풍속과 습관을 아름다운 문체로 그려냈습니다. 그러한 어빙도 나중에는 미국의 전설을 바탕으로 《립 밴윙클》을 써서 미국을 소재로 한 미국 문학의 가능성을 나타내고 있지요.

하지만 미국 최초의 직업 소설가는 C.B. 브라운이라고 할 수 있어요. 그는 미국을 무대로 고딕 로맨스를 써서 현실과 환상이 뒤얽혀 있는 세계에서 인간의 진실을 추구하는 '로맨스'의 전통을 확립했답니다.

이 시대의 미국 문학에서 중요한 위치를 차지하는 사람이 J.F. 쿠퍼입니다. 그는 개척지를 무대로 문명과 자연의 대립, 또는 백인 개척자와 원주민 인디언의 숙명적인 대결을 로맨틱한 모험 이야기로 그렸답니다.

시인으로는 유명한 E.A. 포우가 있는데, 그는 최대의 효과를 올리기 위해 단시(短詩)와 단편을 주장한 비평가이자 추리 소설의 개척자로서 후세에 아주 많은 영향을 끼쳐, 미국 문학의 국제적인 일면을 나타낸 최초의 문학자이기도 합니다.

1830년대에 들어 초절주의(超絶主義)가 사상적으로 미국의 주류가 되었고, 19세기 중엽에는 보스턴을 중심으로 '아메리칸 르네상스'라는 미국의 낭만주의 문학이 나타났습니다. 그 중심이 되었던 것은 '콩코드의 철학자'로 불리는 R.W. 에머슨이었는데, 그의 강연 〈미국의 학자〉(1837)는 미국의 '지적 독립 선언'이라고 할 정도로 미국 지식인들에게 깊은 감명을 주었죠.

또한 《자연론》(1836) 등의 저서로 인간 내부의 신선함을 주장하여 이 시대의 자기 신뢰에 바탕을 둔 낙관적인 정신 풍토를 확립했답니다.

N. 호손은 대표작 《주홍 글씨》(1850)에서, H. 멜빌은 대표작 《백경》(1851)에서 인간의 어두운 일면과 본질적인 비극을 추구했습니다. 그러나 이 시대의 격렬했던 낭만주의 문학은 19세기 중엽에 사라졌고, 그 뒤로는 H.W. 롱펠로, O.W. 홈스, J.R. 로월 등 보수적인 문학자가 뒤를 이었습니다.

1861년부터 1865년까지의 남북 전쟁은 문학에 있어서도 큰 변화를 가져온 경계선으로, 이 시대의 미국 문학자들은 에머슨의 '지적 독립 선언'과 거의 때를 같이하여 나타나, 남북 전쟁 후 급격히 변화하는 미국 현실의 사실적인 데에 눈을 돌렸습니다.

그들의 대부분은 뉴잉글랜드 이외의 출신자였으며, 이런 뜻에서 미국 문학은 마침내 전국적인 것이 되었습니다. 그 대표적인 사람이 1869년에 《철부지 해외 여행기》로 유명해진 서부 출신의 마크 트웨인입니다. 그는 대표작 《허클베리 핀의 모험》(1885)으로 미국적이라고 할 만한 문학 전통을 확립했으며, 뉴욕에서 태어나 어릴 때부터 구대륙에서의 체험이 풍부했던 H. 제임스는 미국 문화와 유럽 문화를 대비적으로 그린 《어느 부인의 초상》(1881)과 《대사(大使)들》(1903) 등 이른바 '국제 상황 소설'을 많이 발표하고, 기법적으로도 등장인물의 미묘한 심리를 파악하여 심리주의, 사실주의의 길을 열었답니다.

6. 작품 토론하기

> **1** 〈큰 바위 얼굴〉은 주인공에게 어떤 역할을 하는지 생각해 봅시다.

➡️전설에 나타난 대로 인자하고 슬기로우며 남을 도울 줄 아는 품성을 지니도록 가르쳐 주는 스승의 역할을 합니다. 이것은 주인공이 설령 본성이 다르다 하더라도 그런 품성을 지니도록 할 수도 있겠지만, 본래부터 그런 심성을 지녔다면 그것을 개발시켜 주는 역할을 했을 것입니다.

> **2** 〈큰 바위 얼굴〉에서 '인간의 영원한 문제들이 해결될 것이다'라고 생각한 호손의 철학은 무엇인지 고민해 봅시다.

➦호손은 자연이 지닌 사실성은 그 자체가 정신적인 사실을 나타내는 것이며, 그것으로부터 얻는 교훈이 영원하고, 진실하고, 고귀하기 때문에 물질적인 풍요로움이나 사회적인 지위나 권위보다 더 훌륭하다고 보았으며, 이것이 인간의 영원한 문제, 즉 도덕이나 질서, 자비로움을 해결할 수 있다고 보았답니다.

3 〈웨이크필드〉에서 주인공은 무슨 이유로 자기 집을 옆에 두고 이십 여 년 동안이나 따로 살 수밖에 없었는지 함께 생각해 봅시다.

➦처음에는 단지 부인이 어떻게 대처할 것인지를 보기 위해서 장난스럽게 시작한 일이었지만, 일은 자연스럽게 꼬이기 시작해서 점점 더 고독의 나락으로 빠져들죠. 아마도 쉽게 집에 갈 수 없었던 이유는 부인이 홀로의 삶에 잘 적응하는 것을 보고, 스스로 부끄럽고 난감하고 염치가 없었기 때문일 것입니다.

4 〈목사의 검은 베일〉에서 목사의 얼굴에 드리워진 베일이 상징하는 것은 무엇인지 생각해 봅시다.

➦많은 호손 연구가들은 베일과 목사의 관계를 바탕으로 〈목사의 검은 베일〉을 여러 각도에서 검토해 왔습니다. 그 결과를 종합해 보면, 검은 베일이 후퍼 목사에 의해 저질러진 어떤 특별한 죄

악을 가리킨다는 해석, 타인에게 절대로 보이고 싶지 않은, 자신의 추악한 죄의 모습을 상징하고 있다는 의견, 그리고 후퍼 목사가 도덕적으로 잘못된 삶을 살았기 때문이라는 의견이 있습니다. 하지만 어느 것도 쉽게 납득이 되지 않습니다. 그 이유는 아무리 보아도 이야기 전체에 걸쳐 후퍼 목사가 어떤 죄를 범했다는 증거는 찾아낼 수 없기 때문입니다.

> **5** 〈목사의 검은 베일〉에서 마을 사람들은 왜 검은 베일 외에 달라진 것이 없는 후퍼 목사를 두려워하고 회피했는지 자유롭게 의견을 나누어 봅시다.

➡ 후퍼 목사의 설교나 태도는 여전히 부드러웠고 감동적이었지만 사람들은 얼굴이 보이지 않는 목사의 모습을 통해 어떤 심판자의 모습을 상상했는지도 모릅니다. 다시 말해, 죽음의 사자로서 자신들의 감춰진 죄악을 모조리 알고, 그 죄값대로 그들의 생명이 다하는 날 무덤으로 그 영혼을 맞이하러 오는 사자의 모습을 간접적으로 느꼈기 때문일 것입니다.

> **6** 〈환상적인 이야기〉를 보면 매우 평범한 이야기라는 느낌이 드는데 왜 굳이 '환상적인 이야기'란 제목을 붙였는지 서로의 생각을 이야기해 봅시다.

➜한 청년이 풀밭에 누워 잠이든 사이 일어나는 잠깐 동안의
사건을 다루고 있는 이야기입니다. 하지만 사람의 인생이란 알
수가 없어서, 그런 짧은 시간에 엄청난 부의 행운이 찾아오기도,
하고 때론 죽음의 칼날이 심장을 겨누기도 하며, 어여쁜 배필이
다가오기도 합니다. 아주 평범해 보이는 삶의 한 순간일지라도
보기에 따라 환상에서나 볼 수 있는 극적인 장면이 연출되는 셈
이죠.

7. 독후감 예시하기

┃ 독후감 1 ┃ 〈큰 바위 얼굴〉을 닮고 싶어요

내가 아주 어렸을 때 우리 어머니는 내게 우리 조상들에 대해
이야기해 주셨다. 그중에는 임금님에 대한 충성심 때문에 목숨을
바친 충신도 계셨고, 전쟁에 나아가 용감하게 싸우다가 돌아가신
영웅도 계셨고, 절개를 지키셔서 열녀문을 받으신 할머니도 계셨
다. 어머니께서 그런 이야기를 하실 때마다 나는 '나도 커서 그런
사람이 되어야지' 하고 생각했다.

나는 호손이 쓴 〈큰 바위 얼굴〉을 읽고 '아! 미국 같은 나라의
어린이들도 어릴 때에는 그런 위인들의 이야기, 전설, 조상들의
미담을 들으며 크는구나' 라고 생각하고 반가운 마음이 들었다.
그리고 아마 내가 태어난 마을에 그런 '큰 바위 얼굴'이 있었다

면, 나도 그것을 닮고 싶었을 것이라고 생각했다. 왜냐하면 어릴 때는 누구나 그런 훌륭한 대상을 닮고 싶은 것이니까…….

이 소설의 주인공 어니스트는 본성이 어땠는지는 잘 모르겠지만, 틀림없이 착하고 자비로운 심성을 가졌으리라고 본다. 그러니까 자라면서 '큰 바위 얼굴'에서 교훈과 영감을 얻고, 훌륭한 사람이 되었을 것이다. 아니 혹시 심성이 좋지 않다 하더라도 그 바위에 얽힌 전설을 듣고 그런 사람이 되기 위해 자신의 마음을 갈고 닦았을 것임에 틀림이 없다. 그렇게 해서 어니스트는 다음과 같은 사람이 되었다.

'어니스트는 자기의 마음속 생각을 청중에게 이야기하기 시작했다. 그의 말은 자신의 사상과 일치되어 힘이 있었다. 그리고 그의 사상은 자기의 일상 생활과 조화되어 있어 현실성과 깊이가 있었다. 이 설교자가 하는 말은 단순한 음성이 아니라 생명의 부르짖음이었다. 그 속에 착한 행위와 신성한 사랑으로 된 그의 일생이 녹아 있었던 것이다. 마치 아름답고 순결한 진주가 그의 소중한 생명수에 녹아 들어간 것 같았다.

시인은 그의 이야기에 귀를 기울이면서, 어니스트의 성품과 품격이 자기가 쓴 그 어느 시보다 더 고상하고 우아하다고 느꼈다. 그는 눈물어린 눈으로 그 존엄한 사람을 우러러보았다. 온화하고 다정하고 생각이 깊은 얼굴에 백발이 흩어진 그 모습. 그것이야말로 예언자와 성자다운 모습이라고 시인은 혼자 생각했다.

저 멀리, 서쪽으로 기우는 태양의 황금빛 속에 큰 바위 얼굴이 뚜렷하게 드러나 보였다. 그 주위를 둘러싼 흰 구름은 어니스트의 이마를 덮고 있는 백발처럼 보였다. 그 광대하고 자비로운 모습은 온 세상을 감싸 안는 것 같았다.'

스승은 자연이든 전설이든 어느 것이든지 될 수 있는 것이다. 자연 속에서 우리들은 얼마든지 교훈을 얻고, 진리를 깨달을 수 있다. 그러나 인간에게서 배우는 것은 때로는 탐욕, 거짓, 물질적 풍요, 이런 것밖에 없는 것인지도 모른다. 그렇다. 그런 의미에서 나는 미국에 있는 '큰 바위 얼굴' 일망정 그 얼굴을 닮고 싶다.

▌독후감 2 ▌ 호손의 〈웨이크필드〉를 읽고

호손의 소설 중에서 조금은 이해하기 힘든 것이 〈웨이크필드〉라는 이야기를 들었다. 그래서 호기심으로 다시 한 번 읽어보기로 했다.

그 내용은 잡지인가 신문인가에 난 기사를 보고, 작가가 그 원인과 이유를 추측해 보고, 그 과정과 심리적인 상태를 고찰해 본 것으로 되어 있다.

주인공의 이름을 그냥 '웨이크필드'라고 했는데, 그는 결혼한 지 오래 되지 않아, 부인을 떠볼 요량으로 어느 날 일주일 동안 여행을 하겠노라고 선언하고 집을 떠난다. 그러나 그는 먼 곳으로 여행을 간 것이 아니라, 자기 집 이웃에 셋방을 얻고, 변장을 하고서 부인의 동태를 살펴본다. 부인은 일주일이 지나도 남편이 돌아오지 않자 처음에는 당황하고 나중에는 병까지 얻었지만 곧 극복하고 혼자 과부로 이십 년을 살아간다.

'웨이크필드'는 그런 부인을 지켜보며, 자기 집으로 들어갈 명분을 잃어버린 채 이십여 년을 보낸 후 어느 날 아무렇지도 않게 자기 집으로 들어간다.

아무리 150여 년 전의 영국 런던이라고는 하지만 이런 일이 일어날 수 있을까? 어떤 사람들은 이것이 호손이 나타내려는 도시 속의 고독, 조직에서 이탈한 자의 영원한 고립감, 이런 것을 나타내려 했다고 한 것을 보았다. 그러나 오늘날 그런 일이 가능할까? 물론 쉽지 않은 일이다. 그리고 이 소설에서 묘사된 바와 같이 부인이 20여 년 동안이나 아무런 변화 없이 남편을 기다려 줄까? 그럴 것 같지 않다. 다만 사회에 대한 적응, 현실에서의 도피, 이런 일은 현대에도 일어나고 있다. 그러나 그런 사람이 살아가는 일은 그때나 지금이나 쉬운 일은 아닐 것이다.

《주홍 글씨》와 《일곱 박공의 집》 등을 쓴 호손은 미국 매사추세츠 주 세일럼의 청교도 가문에서 태어났으며, 그의 고조할아버지는 '마녀 사냥' 때 잔혹한 재판관으로 악명을 떨쳤다고 한다. 죄의식의 문제가 호손 문학의 기본 테마가 되어 있는 것도 이와 같은 가계의 종교적 유산 때문이었다고 한다. 선조의 죄악을 고백하고 싶은 마음과 비밀을 지켜야 한다는 마음 사이에서 고민하다가 소설이란 장치를 통해 선조의 죄와 그에 따른 결과, 타락과 구원의 문제를 다루지 않았겠느냐 하는 어떤 글을 읽고, 이 소설에 나타난 주인공의 심상을 어느 정도 이해할 수 있었다.

▌독후감 3 ▌ 조금 으스스했던〈목사의 검은 베일〉

추리 소설이나 학교 괴담을 좋아하는 친구들과는 달리, 나는 조금 오래된 문학 작품을 골라 읽는 편이었다. 이 〈목사의 검은 베일〉이라는 작품도 평소 〈큰 바위 얼굴〉이나 〈주홍 글씨〉로 잘 알려진 호손의 작품이라 처음에는 아무런 부담 없이 책을 펼쳐 들었다. 하지만 책장을 넘길 때마다 알 수 없는 공포감이, 검은 베일의 목사를 두려운 듯 바라보는 마을 주민들처럼 내 심장을 두근거리게 만들었다. 그런 괴이함의 정체는 과연 무엇이었을까? 책을 덮고 나서도 마지막까지 자신의 베일을 벗지 않은 후퍼 목사의 모습이 떠올라 한동안 조금 멍해 있었다.

엄격한 청교도 신자 집안에서 태어난 영향인지 호손의 글에는 교회가 소설의 배경으로 많이 등장한다. 그 때문에 사람의 원죄나 양심의 문제를 깊이 있고 진지하게 다루는 소설가라는 생각이 들었다. 하지만 이 〈목사의 검은 베일〉이라는 작품에서 호손이 말하려고 하는 의미를 쉽게 파악할 수가 없었다.

작품 속에 등장하는 마을 사람들이 쑤근거리듯, 목사 자신이 무슨 꺼림직한 잘못을 했다거나, 스스로 지은 죄가 두려워 그런 검은 천으로 얼굴을 가렸을 거라고 생각했지만 작품 속에서 목사는 "내가 비밀스런 죄악 때문에 얼굴을 가린다면 모두가 베일로 얼굴을 가려야 할 것이오."라고 말해 나의 생각이 빗나갔음을 알려 주었다.

나는 그동안 읽어 왔던 호손의 작품들이나 그의 생애를 통해 나름대로 그 해답을 얻어 보려 했다.

　엄격한 청교도 집안에서 태어난 호손은 항상 하느님의 가르침을 전해 들으며 자라왔을 것이다. 하지만 세상은 너무나 모순적이었을 것이고, 그가 바라본 세상은 정말 하느님이 바라는 모습이 아니었을 것 같았다는 생각이 들었다. 그래서 내 놓은 그의 작품들이 하느님을 믿는다고 고백하고 청렴한 듯 살아가는 사람들의 위선을 파헤친 작품이 많은 것 같다. 〈주홍 글씨〉에서 자신의 죄를 알면서도 목사라는 신분상 그것을 밝히지 못하는 딤스데일 목사의 모습을 생각해 보면 후퍼 목사의 검은 베일을 두른 모습이 이해가 되기도 한다.

　"여러분! 당신들도 서로를 마주보면서 벌벌 떨어 보시오! 남자들이 나를 피하고, 여자들은 아무런 동정도 보여 주지 않았으며, 아이들이 소리 지르면서 도망을 쳤던 것은 오로지 이 검은 베일 때문이란 말인가요? 이 베일이 막연하게 상징하는 비밀이 아니라면 무엇이 이 크레이프 천 조각을 그렇게도 무섭게 했을까요? 친구는 자신의 친구에게, 애인은 가장 사랑하는 이에게 자기의 깊은 속마음을 숨김없이 보여 줄 때에, 그리고 인간이 자기 죄악의 비밀을 감추어 두고 쓸데없이 창조주의 눈을 피하려 하지 않게 될 때에, 그때에야 비로소 죽어 가는 나를 괴물이라고 생각하도록 하십시오. 자, 보십시오! 나를 둘러싸고 있는 당신들의 얼굴 위에도 검은 베일이 있음을 봅니다!"

　죽기 직전 자신의 베일이 벗겨지길 거부하며 사람들에게 남긴

이 말 속에 어쩌면 그와 같은 메시지가 담겨 있는지도 모르겠다. 하지만 역시 모든 해답은 보이지 않는 후퍼 목사의 얼굴처럼 검은 베일에 가려져 있는 것 같다.

독후감 길라잡이

독후감
제대로 쓰기

1. 책을 읽기 전에

우리는 책을 통해서 지식을 쌓고 학문을 연마하게 됩니다. 또한 교양을 얻고 수양을 쌓게 되지요. 그리하여 즐겁고 보람 있는 생활을 할 수 있는 것입니다. 이러한 습관이 지속된다면 이것이 곧 나의 생활 자체가 되고, 책을 읽는 시간이 얼마나 가치 있고 즐거운 시간인지 깨닫게 될 것입니다.

독후감을 쓰기 위해서는 책을 읽어야 함은 말할 것도 없습니다. 그러나 아무 책이나 읽는다고 다 좋은 것은 아닙니다. 특히 중학생은 아직 양서를 구별할 만한 충분한 지식을 갖추지 못했기 때문에 선생님 혹은 부모님, 그리고 선배들이 권하는 책이나, 이미 국내적으로나 세계적으로 잘 알려진 명작이나 명저를 찾아 읽는 것이 바른 방법이라고 볼 수 있습니다. 예컨대 사회적으로 존경받을 만한 사람들의 일대기를 그린 위인전이나 자서전 같은 것은 읽을 가치가 있으며, 명시 모음집이나 명작 소설, 특정한 분야의 관찰기, 평론집 같은 것도 좋은 읽을거리가 될 수 있습니다.

그럼 효율적인 독서를 위해서 유의해야 할 점을 알아볼까요?

첫째, 본문을 읽기 전에 책의 앞부분에 있는 머리말이나 해설하는 글을 먼저 정독합니다. 그러면 책을 쓰게 된 동기나 평가 등에 대하여 잘 알 수 있게 되죠.

둘째, 목차를 잘 살펴봅니다. 목차에서 그 책의 내용이 어떻게 전개될 것인가에 대해 미리 파악할 수 있기 때문입니다.

셋째, 본문을 읽기 시작하면, 그 중에 잘 모르는 단어나 문구가 나오기 마련입니다. 그런 것은 곧 사전을 찾아 뜻을 알아두어야 합니다. 그런 것을 무시했다가는 자칫 전체를 이해하지 못하는 오류를 범할 수 있거든요.

넷째, 각 문단별로 소주제가 무엇인지를 파악하고, 그 줄거리를 요약하는 습관을 길러야 합니다. 특히 필자가 표현하려는 것과 그 뒷받침되는 내용이 무엇인지 알아내는 것이 필수겠지요.

다섯째, 글의 배경은 무엇인지, 앞뒤 맥락이 어떻게 이어지고 있는지를 잘 생각하면서 읽어야 합니다. 그리고 소설일 경우에는 주인공과 등장인물들의 성격이나 특성을 파악해야 하지요.

여섯째, 다 읽은 다음에는 줄거리를 만들어 보고, 전체적인 주제가 무엇인지 정리하는 작업도 필요합니다.

ㄹ. 책을 감상하는 방법

책을 읽을 때는 내용을 진지하게 파고들어 가며 읽어야 합니다. 즉 자기의 현재 생활과 비교해 가며 생각의 폭과 사고를 넓히는 것이 중요하답니다. 그리고 작품의 문체·제목·주제·논제 등도 염두에 두고 읽으면 독후감을 쓰기가 좀더 수월해집니다.

그리고 저자가 강조하고 있는 내용과 사건들이 현재 우리 사회에 어떤 의미를 가지고 있으며 어떻게 발전시켜 나가야 할 것인가를 생각하며 읽습니다. 더불어 저자가 작품에서 강조하려고 하는 것이 무엇인가를 파악하며 읽을 필요가 있습니다. 그렇다고 굉장한 부담을 느끼면서 책을 읽을 필요는 없습니다. 책 읽는 것 자체를 즐긴다면 그리 깊게 생각하지 않아도 작가가 말하려는 바를 깨닫게 될 테니까요.

그렇다면 각 문학 장르에 따라 어떤 점에 유념하여 책을 읽어야 하는지 알아볼까요?

▮소설▮ 작품의 주제를 파악하고 작중 인물의 성격과 배경을 생각하며 주인공이 어떻게 변화되어 가고 있는가를 염두에 두고 읽습니다. 자신의 생각이나 현실과 결부시켜 보는 것도 재미를 배가시켜 줄 거예요.

▮시▮ 선입견 없이 그대로 느낌을 받아들이며 읽습니다.

▮희곡▮ 무대 상연을 전제로 하여 쓰여진 것이기 때문에 시간적·공간적 제약을 받는다는 것을 염두에 두어야 합니다.

▮역사 소설▮ 인물·사건 등을 작가가 상상력에 의존하여 구성한 글로서, 항상 계몽사상이나 민족의식 고취 등 어떤 목적이 들어 있는지를 파악하며 읽어야 합니다.

▮역사▮ 역사는 역사 소설과는 구분지어야 합니다. 이것은 정

확한 기록으로 글쓴이의 주관적 해석이 들어 있을 수 없으며, 시간의 흐름에 따라 사건을 나열한 것임을 생각해야 합니다.

▮ 수필 ▮ 지은이의 인생관이 들어 있습니다. 심리적 부담감이 적으므로 편안한 마음으로 읽을 수 있습니다.

▮ 전기문 ▮ 인물의 정신, 자취, 시대적 배경과 사회적 환경을 먼저 파악해야 합니다.

▮ 과학 도서 ▮ 미지의 세계에 대한 탐구심, 합리적 사고력 배양, 지식과 정보의 입수, 창의력을 기르는 데 도움이 되므로 평소 이에 대한 흥미를 갖는 것이 중요합니다.

3. 독후감이란 무엇인가?

독후감은 말 그대로 어떤 글이나 책을 읽고, 그에 대한 느낌이나 생각을 쓰는 것입니다. 좋은 책을 읽고 그것을 정리해 두지 않는다면 곧 그 내용을 잊어버려, 독서를 한 만큼의 가치를 얻지 못할 수도 있으니까요. 그러므로 한 권의 책을 읽으면 곧 그 책의 내용을 정리하고, 느낌이나 생각을 적어 두는 것이 좋습니다.

독후감은 느낌이나 생각을 거짓 없이 써야 하나, 그렇다고 아무렇게나 써도 되는 것은 아닙니다. 즉 독후감도 글이므로 수필의 형식으로 쓰든, 논술의 형식으로 쓰든, 정확하게 읽고 주제와 내용에 맞게 써야 함은 물론이죠. 아무리 좋은 글이나 책이라도, 잘못 읽어 실제와 맞지 않는 생각이나 느낌을 쓰면 좋은 독후감이라고 할 수 없거든요. 그러므로 좋은 독후감을 쓰려면 독서를 잘해야 한다는 것이 전제됩니다. 독서를 잘하는 방법은 따로 있는 게 아니라, 그저 많이 읽다 보면 요령이 생기고, 이해도 쉽게 되며, 능률도 오르게 되는 것입니다.

 독후감은 왜 쓰는가?

독후감을 쓰는 목적은 독후감을 작성함으로써 독서하는 능력이 향상되고 글 쓰는 훈련을 할 수 있기 때문입니다. 그러므로 독후감을 쓰기 위해 책을 읽으면 보다 깊은 생각을 하면서 책을 읽게 됩니다. 또한 책을 통해 생활을 반성하며, 책에서 얻은 지식과 감명을 음미하여 자기 생활에 적용시킬 수 있습니다. 문장력과 논리적 사고가 향상되는 것은 물론이고요! 그럼 독후감을 왜 쓰는지 다음과 같이 정리해 볼까요?

① 읽은 책의 내용을 되살려 다시 음미해 볼 수 있습니다.

② 감동을 간직하고 책 읽는 보람을 얻을 수 있습니다.

③ 책을 통해 지식을 심화시킬 수 있습니다.

④ 책을 통해 자신의 문제를 연관지어 볼 수 있습니다.

⑤ 글을 써 봄으로 해서 생각을 깊이 있게 할 수 있습니다.

⑥ 독서 목표를 확실히 할 수 있습니다.

⑦ 작품에 대한 비판력과 변별력을 기를 수 있습니다.

⑧ 생각을 조리 있게 쓸 수 있는 작문력을 향상시켜 줍니다.

⑨ 사고력과 논리력, 추리력을 기를 수 있습니다.

⑩ 바르게 책을 읽는 습관을 형성할 수 있습니다.

 ## 5. 독후감을 쓰기 전에 생각하기

독후감은 수필의 형식이든 논술의 형식으로든 쓸 수 있다고 했는데, 사실 이 둘의 차이는 모호합니다. 다만, 수필이 자유롭게 붓 가는 대로 쓰는 것이라면 논술은 논리 정연하게 쓴다는 점이 다르다고 할 수 있습니다.

붓 가는 대로 자유롭게 수필의 형식으로 쓰는 독후감이라도 글의 앞뒤가 맞지 않는다든지, 주제가 통일되지 않으면 좋은 평가를 받을 수 없습니다. 논리 정연하게 쓰는 독후감이라면, 서론·본론·결론으로 나누어 서술해야 함은 물론이구요.

서론에 해당되는 부분에서는 그 책에 대한 소개나 쓴 사람의 생애, 또는 특기할 만한 일화 같은 것을 적는 것이 일반적입니다.

본론에 해당하는 부분에서는 그 책을 읽고 특별히 다루려는 내용을 체계적이고 구체적으로 써야 합니다.

결론에서는 본론에서 다룬 내용을 요약하거나, 자신이 읽은 후의 감상, 그 책의 좋은 점, 나쁜 점 등을 들어서 마무리를 해야 합니다.

독후감은 짧게 쓰는 것이 상례이므로, 작품 전체를 거론하기보다는 특정한 주제를 잡아서 쓰는 것이 좋습니다. 보편적으로 다룰 수 있는 몇 가지 주제를 제시해 보면 다음과 같습니다.

첫째, 작가의 의식이나 주인공의 언행, 성격과 연관지어 주제를 구현시키는 방법입니다. 문학 작품이라면 주제가 애정이나 애국, 의리나 배반일 수 있으므로 이러한 점에 초점을 두고 써야겠지요. 또한 과학에 관계된 것이라면, 그 발명의 의의나 연구자의 노력과 관련시켜 서술해야 하겠지요.

둘째, 저자의 이념이나 생애, 업적에 관심을 두고 쓰는 방법입니다.

그 작품을 통하여 알 수 있는 저자의 철학이나 사상 또는 저자가 그 작품을 남기기까지의 역경이나 작품을 쓰게 된 동기, 작품의 가치나 다른 작품에 미친 영향 등 작품과 연관시켜 쓰는 것이지요.

셋째, 작품의 내용을 중심으로 기술합니다

예컨대, 작품 속 주인공의 성격을 분석하거나 다른 사람과 비교해 볼 수도 있고, 그 작품의 사건이나 시대적 배경을 논의하거나,

작품의 구성 같은 것에 초점을 두고 이야기할 수도 있습니다.

　이와 같이 작품을 읽기 전에 먼저 어떤 점에 중점을 두고 독후감을 쓸 것인가를 염두에 둔다면, 그렇지 않은 경우보다 훨씬 이해가 쉽고, 나중에 독후감을 쓰는 데도 도움이 될 것입니다.

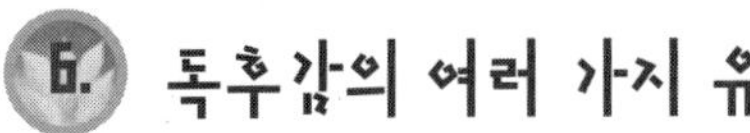 6. 독후감의 여러 가지 유형

　1. 처음에 결론부터 쓴 다음 왜 그러한 결론이 도출되었는지 감상을 자세하게 쓰거나, 감상을 먼저 쓰고 결론을 씁니다.

　2. 책을 읽게 된 동기부터 설명하고 글 중간에 자기의 감상을 씁니다.

　3. 저자나 친구에 대한 편지 형식으로 감상을 쓰거나 주인공에게 대화 형식으로 씁니다.

　4. 시(詩)의 형태로 감상문을 씁니다.

　5. 대화문(對話文) 형식으로 씁니다.

　6. 줄거리부터 요약한 다음 자기의 느낌이나 생각을 씁니다.

 # 독후감을 구체적으로 쓰는 방법

어렵게 쓰겠다는 생각은 하지 말고 쉽게 써야겠다는 마음가짐을 가져야 좋은 글이 나올 수 있습니다. 그리고 무엇보다 감상문을 쓰기 전에 무엇을 어떻게 쓸까 조목별로 골자를 먼저 쓰고, 이 골자에 살을 붙이는 방법으로 쓰려고 노력해야 합니다. 이때 의도적으로 아름답게 잘 쓰려고 하지 않는 것이 좋습니다. 자, 그럼 더 자세하게 알아볼까요?

1. 먼저 제목을 붙입니다.

2. 처음 부분(머리글)을 씁니다.

 ⑪ 책을 읽게 된 이유나 책을 대했을 때의 느낌을 씁니다.

 ⑪ 자신의 생활 경험과 관련지어 써 봅니다.

 ⑪ 제일 감동받은 부분을 씁니다.

 ⑪ 지은이나 주인공을 소개하는 글을 씁니다.

3. 가운데 부분을 씁니다.

 ⑪ 자기의 생활과 견주어 씁니다.

 ⑪ 주인공과 나의 경우를 비교해서 씁니다.

 ⑪ 시시비비를 분명히 가려야 합니다.

 ⑪ 가장 극적이었던 부분을 소개합니다.

4. 끝부분을 씁니다.

 ⑪ 자신의 느낌을 정리합니다.

※ 자신의 각오를 씁니다.

독후감을 쓴 다음에는 다음과 같은 추고의 과정이 필요합니다.

첫째, 쓴 글을 다시 한 번 읽으면서 맞춤법이나 표준어 규정에 어긋나는 것은 없는지 살펴봐야 합니다.

둘째, 문장이 잘 구성되어 있는지, 또 문단이 잘 짜여져 있는지 알아보아야 합니다. 한 문단에는 소주제문과 보조문들이 있어야 하는데, 그런 점이 잘 지켜져 있는지 유의해야 합니다.

셋째, 글 전체의 구성이 잘 이루어졌는지 살펴봅니다. 예를 들어 서론에 해당하는 부분이 지나치게 길다든지, 결론에 해당하는 부분이 너무 짧다든지, 전체적인 구성이 균형을 잃고 있다면 다시 고쳐 써야 하겠지요.

우리가 시간을 들여 열심히 책을 읽고 난 후 독후감을 잘 쓰기 위해서는 책을 읽고 있는 동안의 느낌을 잊지 않고 글로써 표현할 줄 알아야 하며, 책을 읽고 가장 감명받은 부분을 기억하고 있어야 합니다. 또한 다른 사람들은 어떻게 독후감을 썼는지 남의 것을 읽어 보고, 자신의 것과 비교해 보며 자주 글을 써 보는 것이 중요합니다. 그렇게 하다 보면 자신만의 개성 있는 필치로 독특한 감상문을 쓸 수 있게 되지요. 학교에서 아무리 독후감 숙제를 내주어도 부담없이 즐거운 기분으로 끝낼 수 있을 겁니다!

8. 그 밖에 알아두면 유익한 것들

┃ 독후감 쓰기 10대 원칙 ┃

1. 자신의 수준에 맞는 책을 선택합시다.

2. 독후감 쓰는 형식이 있기는 하지만 너무 거기에 구애받을 필요는 없습니다.

3. 자신이 작가라면 어떻게 글을 이끌어갈지를 생각하며 읽어 봅시다.

4. 평소 음악 평론이나 영화 평론을 많이 읽어 봅시다.

5. 읽으면서 마음에 와닿는 것이 있다면 따로 적어 둡시다.

6. 현대 사회의 문제점과 비교하면서 읽어 봅시다.

7. 모르는 것이 있으면 적어 두는 습관을 기릅시다.

8. 신문 사설이나 칼럼을 스크랩해서 필요할 때 사용합시다.

9. 요약하는 데에만 집착하지 말고 제대로 책을 읽읍시다.

10. 읽은 후에는 꼭 독후감을 직접 써 봅시다.

┃ 책을 읽는 10가지 방법 ┃

1. 아주 어릴 때부터 책과 친하게 지내는 습관을 기릅시다.

2. 너무 속독하려 하지 말고 담겨진 내용을 충실히 읽는 습관을 기릅시다.

3. 항상 작품이 나와 어떠한 상관 관계가 있는지 체크를 해 가

며 읽읍시다.

4. 무조건 책장을 넘길 것이 아니라 시시비비를 가려 가면서 읽읍시다.

5. 매일매일 조금씩이라도 책을 읽는 습관을 들입시다.

6. 책 속에 담긴 뜻을 음미하고 되새기면서 읽읍시다.

7. 너무 자신의 취향에 맞는 책만 읽지 말고 다양한 장르의 책을 골고루 읽도록 합시다.

8. 책 속에 담겨진 교훈을 깊이 생각하고 생활에 적용시킵시다.

9. 책에 따라 읽는 방법을 달리하는 습관을 들입시다. 모든 책이 만화책은 아니기 때문이죠.

10. 바른 자세로 앉아 눈과의 거리를 30cm 두고 밝은 곳에서 읽읍시다.

9. 원고지 제대로 사용하기

▌제목 및 첫 장 쓰기 ▌

1. 제목은 석 줄을 잡아 둘째 줄 가운데에 씁니다.

2. 1행 2칸부터 글의 종별을 표시합니다. 가령 수필이면 '수필'이라고 씁니다. 간혹 글의 종별을 비워 두는 경우가 많은데 이는 적는 것을 잊었거나, 원고지 사용법에 무관심하기 때문입니다.

3. 제목을 쓸 때에는 마침표를 찍지 않고, 물음표와 느낌표는 붙이지 않는 것이 좋습니다.

4. 제목에 줄임표는 사용하지 않는 것이 상례입니다.

5. 이름은 넷째 줄 끝에 두 칸 정도를 남기고 씁니다. 특별한 경우에는 서너 칸을 남겨도 됩니다.

6. 성과 이름은 붙여 씁니다. 다만, 성과 이름을 분명히 구별할 필요가 있을 경우에는 띄어 쓸 수 있습니다. 예) 임채후(○), 남궁석(○), 남궁 석(○)

7. 본문은 여섯째 줄부터 쓰는 것이 좋습니다. 단, 특수한 작문인 경우는 넷째 줄부터 본문을 시작해도 상관없습니다.

8. 학교 이름이나 주소가 길 경우에는 세 줄로 쓸 수 있습니다.

9. 주소는 보통 표제지에 기재하고 원고지 첫 장에는 제목과 성명만 간단하게 적는 것이 상례입니다.

10. 성명의 각 글자는 시각적 효과를 위해 널찍하게 한두 칸씩 비워 써도 무방합니다.

11. 학교 앞에 지명을 기입할 때는 학교명을 모두 붙여 써서 지명과 학교명의 구분을 명확히 해 주는 것이 좋습니다.

▌첫 칸 비우기 ▌

1. 각 문단이 시작될 때는 첫 칸을 비우고 씁니다.

2. 대화체의 경우는 첫 칸을 비우고 씁니다.

3. 인용문이 길 때는 행을 따로 잡아 쓰되, 인용 부분 전체를 한 칸 들여서 씁니다.

4. 첫째, 둘째, 셋째 등으로 이야기를 전개해야 할 때는 시작할 때마다 첫 칸을 비울 수 있습니다. 단, 그 길이가 길거나 제시된 내용을 선명하게 하고자 할 때 비워 둡니다.

5. 시는 처음 두 칸 정도 줄마다 비우고 씁니다.

▌ 줄 바꾸기 ▌

1. 문단이 바뀔 때는 줄을 바꾸어 씁니다.

2. 대화는 줄을 새로 잡아 씁니다.

3. 인용문을 시작할 때는 줄을 바꾸어 씁니다. 단, 그 길이가 길 때 한해서입니다.

4. 대화나 인용문 뒤에 이어지는 지문은 글이 다시 시작되는 것이므로 한 칸을 들여 씁니다. 단, 이어 받는 말로 시작되는 지문은 첫 칸부터 씁니다.

▌ 문장 부호 및 아라비아 숫자, 영문자 ▌

1. 문장 부호는 한 칸에 하나씩 넣는 것이 원칙입니다.

2. 아라바아 숫자는 한 칸에 두 자씩 넣습니다.

3. 한자(漢字)로 쓸 때는 띄어 쓰지 않습니다. 그러나 한자와 한글이 함께 쓰이면 띄어 쓰기를 합니다.

4. 마침표(.)와 쉼표(,) 다음에는 통례상 한 칸을 비우지 않으며, 느낌표(!), 물음표(?) 다음에는 통례상 한 칸을 비웁니다.

5. 행의 첫 칸에는 문장 부호를 쓰지 않습니다. 첫 칸에 문장 부호를 써야 할 경우는 그 바로 윗줄의 마지막 칸에 글자와 함께 씁니다.

6. 영문자의 경우, 대문자는 한 칸에 한 글자, 소문자는 한 칸에 두 글자씩 넣습니다.

10. 문장 부호 바로 알고 쓰기

1. 마침표 : 문장을 끝마치고 찍는 문장 부호로 온점(.), 물음표(?), 느낌표(!)를 이르는 말입니다.

2. 쉼표 : 문장 중간에 찍는 반점(,) 가운뎃점(·) 쌍점(:) 빗금(/)을 이르는 말입니다.

3. 따옴표 : 대화, 인용, 특별어구를 나타낼 때 쓰는 문장 부호로 큰따옴표(" ")와 작은따옴표(' ')를 씁니다.

4. 그 밖의 문장 부호 : 물결표(~)는 '내지(얼마에서 얼마까지)'라는 뜻에 씁니다. 줄임표(……)는 할말을 줄였을 때와 말이 없음을 나타낼 때 씁니다.

11. 마치며

초등학교나 중학교에서는 독후감이라는 말을 사용하지만 고등학교에 가게 되면 독후감이라는 말보다는 아마 논술이라는 말을 더 많이 쓰고 더 많이 듣게 될 것입니다. 논술이란 말 그대로 어떠한 논제를 가지고 논리적으로 서술하는 것을 말하는데, 이는 하루아침에 이루어지지 않습니다. 다양한 분야의 많은 것을 폭넓고 깊이 있게 알고, 주관을 뚜렷이 할 때만이 논술을 잘 쓰게 되는 것이지요. 그러기 위해서는 중학교 시절부터 많은 책을 읽어 보고 스스로 글을 써 보는 훈련을 하는 것이 중요합니다.

실제로 고등학교에 가면 교과목 공부에도 시간이 모자라 제대로 책을 읽을 시간이 없거든요. 무엇을 알아야 글을 쓸 것이고, 자신의 주장을 피력할 것 아니겠어요? 그러니 중학생 시절부터 좋은 책을 많이 읽어 보고, 생각해 보며, 글을 써 보는 노력을 하는 것이 여러분의 미래를 더욱 밝게 해줄 것입니다. 아마 그렇게 한 사람은 그렇지 않은 사람보다 10리쯤 앞서 나가지 않을까 생각되는데 여러분 생각은 어떠세요?

┃성 낙 수┃
한국교원대 교수, 연세대학교 졸업, 동 대학원에서 석사·박사 학위 받음.
┃임 현 옥┃
부여여자고등학교 교사, 공주대학교 졸업, 한국교원대학교 대학원에 재학중.
┃이 승 후┃
경주 감포중학교 교사, 영남대학교 졸업, 현재 한국교원대학교 대학원에 재학중.

판권본사소유

중학생이 보는
큰 바위 얼굴

초판 1쇄 발행   2004년 5월 10일
초판 7쇄 발행   2018년 11월 30일

지 은 이   나다니엘 호손
옮 긴 이   양 붕 철
엮 은 이   성낙수·임현옥·이승후
펴 낸 이   신 원 영
펴 낸 곳   (주)신원문화사

주   소   서울시 구로구 가마산로 27길 14(신원빌딩 10층)
전   화   3664-2131~4
팩   스   3664-2130

출판등록   1976년 9월 16일 제5-68호

＊잘못된 책은 바꾸어 드립니다.

ISBN 89-359-1186-0 43840